AF395636

MANCO-CAPAC,

PREMIER YNCA DU PÉROU,

TRAGÉDIE,

REPRÉSENTÉE pour la premiere fois par les Comédiens François ordinaires du Roi, le 12 Juin 1763.

Par M. LE BLANC.

A PARIS,

Chez BELIN, Libraire, rue Saint-Jacques ; & autres Libraires qui vendent les Nouveautés.

M. DCC. LXXXII.

AVERTISSEMENT.

JE donne ici cette Piece telle que je l'ai faite, à quelques corrections près qui m'ont été indiquées par le Public.

ACTEURS.

MANCO-CAPAC, premier Ynca du Pérou.	M. BRIZARD.
IMZAÉ, Niece de Manco.	Mademoiselle THENARD.
ZELMIS.	M. FLEURI.
TAMZI, Grand-Prêtre du Soleil.	M. VANHOVE.
HUASCAR, Chef des Antis, peuple sauvage.	M. DELARIVE.
IDAMORE, Grand de l'Empire du Pérou, attaché à Manco.	M. DORIVAL.
MIRZIME, Prêtre du Soleil, attaché à Tamzi.	M. DUNANT.

PLUSIEURS CHEFS ET LE PEUPLE DES ANTIS

CHEFS ET PEUPLE PÉRUVIENS.

SATELLITES DU TEMPLE DU SOLEIL.

GARDES, &c.

La Scène est à Cusco, première Ville du Pérou, fondée par Manco, dans un Vestibule commun au Temple du Soleil & au Palais de l'Ynca.

MANCO-CAPAC,

TRAGÉDIE.

ACTE PREMIER.

SCÈNE PREMIERE.

MANCO, IDAMORE, CHEFS PÉRUVIENS,
GUERRIERS.

MANCO.

Chers enfans du Soleil, peuple que j'ai formé,
Eclairé par mes loix, par mon zèle animé,
Qui, daignant la venger, avouez ma puiſſance,
Arrêtez le carnage, annoncez ma clémence.

A 3

Ne défefpérez pas ces malheureux Antis.
Que nos Soldats vainqueurs qui les ont inveftis,
Défarment, s'il fe peut, leurs fureurs fanguinaires,
Et refpectent en eux leurs égaux & leurs frères.

(Les Guerriers fortent.)

S C È N E   I I.

MANCO, IDAMORE, CHEFS PERUVIENS.

M A N C O.

Et vous qui les premiers, reconnoiffant mes loix,
Avez, d'un libre aveu, juftifié leurs droits;
Vous dont le zèle actif, veillant à leur défenfe,
Leur a de l'univers gagné l'obéiffance;
Vous favez qu'avant nous, errans & féparés,
Comme de vils troupeaux au hâzard égarés,
Les humains, fous le poids d'une obfcure exiftence,
Ignoroient l'art de vivre au fein de l'abondance.
Aveugles fur les biens qui naiffoient fous leurs pas,
Ils poffédoient la terre & n'en jouiffoient pas.
Nés, comme eux, dans les bois, mais prompts à nous connoître,
Réclamant & le titre & les droits de notre être,
Nous avons rappellé dans leurs cœurs étonnés,
Et ce titre & ces droits trop long-tems profanés.
On a vu, par nos foins, s'élever une ville,
Des arts & des vertus noble & fuperbe afyle.
Des forêts à l'envi, fortis de toutes parts,
Leurs obfcurs habitans ont peuplé ces remparts,
Et les nœuds fortunés d'un commerce facile,
A l'homme toujours foible, ont rendu l'homme utile.

Mais, à peine assemblés, le choc des passions
Les eut livrés encore à leurs divisions.
Pour lier sans effort cette famille immense,
On remit en mes mains la suprême puissance :
Je lui donnai des loix &, sur sa liberté,
L'homme dès ce grand jour n'eut qu'un droit limité.
De la Société pour jamais réunie,
Par ce ressort actif j'assurai l'harmonie.
Bientôt on vit nos champs, secondant d'heureux soins,
Répondre à tous les vœux, servir tous les besoins,
Le crime confondu, l'innocence vengée,
La timide vertu chérie & protégée,
Et les Arts empressés, prévenant les desirs,
Ouvrir un champ fertile à de nouveaux plaisirs.
    Ce changement soudain qu'un Dieu même seconde,
Fut le sceau de la gloire & du bonheur du monde ;
Mais que, pour affermir ce pénible bonheur,
Il en coûta sans cesse, il en coûte à mon cœur !
Je n'ai jusqu'à ce jour, régné que par la guerre,
Moi qui, toujours sensible aux malheurs de la terre,
N'ai prodigué mon sang, n'ai formé de souhaits
Que pour y ramener la justice & la paix.
Mais que pouvois-je ? hélas ! une race inhumaine,
Nourrissant contre nous une éternelle haine,
Cherchoit à renverser, dans sa férocité,
Ce monument auguste & si bien cimenté.
Les Antis, échappés de ces grottes profondes,
Invincibles remparts de la terre & des ondes,
Seuls toujours révoltés contre le frein des mœurs,
Dans l'univers tremblant répandoient leurs fureurs.
En quels torrents cent fois, débordés sur nos rives,
En ont-ils repoussé nos troupes fugitives ?
Avec quelle furie, élancés dans nos murs,
Les a-t-on vus cent fois, par des détours obscurs,

Porter le défefpoir dans nos triftes familles,
Enlever nos enfans, nos femmes & nos filles?
Moi-même, à 'es gagner de tout tems occupé,
De quels coups, p·r leurs mains, les Dieux m'ont-ils frappé!
O perfidie! ô crime! ó fureurs que j'abhorre!
Dans ce palais fanglant je crois les voir encore,
Portant par-tout la flamme & l'horreur du trépas,
Et mon malheureux fils emporté dans leurs bras...
Mon fils! fans refpecter fa touchante innocence,
Avez-vous pu, cruels, immoler fon enfance?
Ah! ce tableau fanglant me glace encor d'effroi.
Ma gloire, dès ce jour ne fut plus rien pour moi.
Et que me fervira, dans la nuit éternelle,
Ce bruit trompeur & vain d'une gloire infidelle,
Si, de mon trifte fils, il n'eft point entendu,
Et ne peut, dans fon cœur, enflamer la vertu?
Heureux encore, heureux, dans un fort fi contraire,
Qu'ayant ravi depuis la fille de mon frere,
Leur cruauté farouche ait refpecté fes jours,
Que le ciel ait, fur elle, étendu fes fecours,
Et que, dans ces forêts où je la crus perdue,
Le reflux des deftins me l'ait enfin rendue!

   Percé de tant de traits, aigri par tant d'horreurs
Dont l'effrayante image irrite encor vos cœurs,
Je pourrois me venger. Le deftin de la guerre
Abandonne en mes mains ces enfans de la terre.
Ce grand événement, fur moi, de toutes parts,
Sufpend tous les efprits, fixe tous les regards.
L'univers, fi long-tems occupé de ma gloire,
M'obferve, avec terreur, au fein de la victoire,
Incertain fi je fuis fon Tyran ou fon Roi.
Ce doute épouvantable eft un affront pour moi.
C'eft trop le dévorer. Peuple fier & terrible,
Je rends grace à ta haine, à ta rage inflexible

De me laiſſer encore un exemple à donner.
Oui, c'eſt peu de te vaincre, il faut te pardonner,
Et j'y cours.

IDAMORE.

   Ah, Seigneur, que cet effort ſublime
Dévoile bien un cœur que la ſageſſe anime!
Et que du monde, heureux ſous vos auguſtes loix,
Il va bien, en ce jour, juſtifier le choix!

MANCO.

Quel effort! en eſt-ce un d'écouter la nature,
D'abandonner ſon ame à ce tendre murmure,
De repouſſer la haine & ſes tranſports cruels?
O Dieux, juges des Rois! ô malheureux mortels!
Atomes d'un moment dévoués à la vie,
Elle eſt de tant de maux ſans ceſſe pourſuivie;
Tant d'ennemis ſecrets s'arment contre nos jours,
Devons-nous, l'un par l'autre, en abréger le cours?
Quelque grand intérêt qu'un Roi puiſſe défendre,
Vaut-il jamais, hélas, le ſang qu'il fait répandre?
 Ah, ſi dans leurs forêts, livrés à leurs erreurs,
Ils ont dégradé l'homme en leurs féroces cœurs,
Pour mieux les rappeller à leur grandeur premiere,
Des arts & des vertus prêtons-leur la lumiere,
Et, par ce doux attrait où leurs yeux vont s'ouvrir,
Au vrai bonheur enfin ſachons les conquérir.

UN CHEF PÉRUVIEN.

Mais ce peuple, Seigneur, inquiet & farouche,
Que nul frein ne retient, que nul bienfait ne touche,
Pourra-t-il ſans retour oublier ſes forêts?
Je tremble..

MANCO.

  Je ſaurai leur en fermer l'accès.

Mais cachons leur ce foin. Qu'ignorant leur contrainte,
Ils ne foient point ici retenus par la crainte.
Vous ferez les garans de l'augufte union
Qui va joindre ce peuple à notre Nation,
Et le rendre au bonheur dont la douce influence
Doit feule en tous les cœurs confacrer ma puiffance.
Allez.

SCÈNE III.

MANCO, IDAMORE.

MANCO.

Sage Idamore, il n'eft plus qu'une loi,
Qu'un trône, qu'un autel, & qu'un peuple, & qu'un Roi.
Dieu qu'aux cœurs vertueux dévoile la nature,
Laiffe-moi m'enivrer d'une gloire fi pure !

IDAMORE.

Je conçois vos tranfports. Mais qu'ordonnerez-vous
De ce jeune Guerrier qui, brûlant de courroux,
Emporté dans nos rangs au fort de la tempête,
A fait trembler le camp pour votre augufte tête ?

MANCO.

Ah ! fi tu l'avois vu, dans ces momens affreux,
Élancé dans la foule, ardent, impétueux,
Pour l'intérêt des fiens noblement téméraire,
Tu n'en jugerois pas par les yeux du vulgaire.
Nul n'a paru plus grand à mes regards furpris.
Ce jeune homme, enivré de l'erreur des Antis

Ne croyoit voir en moi qu'un oppresseur impie;
Pour le repos du monde il immoloit sa vie.
Et qu'ai-je fait moi-même? & quel autre intérêt,
Dans le cours de mes ans, m'a conduit en secret?
Et tu veux, qu'admirant un effort si sublime,
J'ose punir en lui la vertu qui m'anime?
Ah! l'humanité seule eût retenu mon bras.
Non, ma clémence, ami, ne l'exceptera pas.
Tantôt, lorsqu'en nos rangs il s'est laissé surprendre,
Aux siens, qu'il appelloit, j'ai cru devoir le rendre.
Il viendra recevoir, dans ce temple, avec eux,
Aux yeux de tout mon peuple, un pardon généreux.
Puisse-t-il les gagner! puissent-ils tous connoître
Que je vois les humains plus en pere, qu'en maître!
Mais que veut le Pontife?

SCÈNE IV.

MANCO, IDAMORE, TAMZL

TAMZI.

Ah! Seigneur, qu'ai-je appris?
Sûr de votre vengeance & maître des Antis,
Vous allez adopter ce peuple inexorable,
Des mortels éperdus tyran infatigable,
Quand les Dieux, à vos coups, semblent l'abandonner?

MANCO.

Ciel! Et qu'a ce pardon qui vous doive étonner?

TAMZI.

Eh quoi ? dans ſes fureurs cette race indomptée
Aura rempli d'effroi la terre épouvantée.
Et, quand, pour prévenir ſes forfaits renaiſſans,
Un ſort heureux la livre à nos bras triomphans,
Nos champs enſanglantés, nos plaines ravagées,
En deſerts effrayans, par eux, preſque changées,
Nos peuples redoutant de nouveaux attentats
Demanderoient vengeance & ne l'obtiendroient pas?

MANCO.

Je ſçais qu'ils ont par-tout étendu leurs outrages;
Mais, lorſqu'abandonnant ſes retraites ſauvages,
L'homme de ſon deſtin ſe repoſa ſur moi,
Enchaîné, ſans retour, par ce grand nom de Roi,
Je promis, je jurai d'écarter les tempêtes
Qui pourroient déſormais s'élever ſur vos têtes,
De défendre le peuple, & le trône & l'autel.
Attentif à remplir ce ferment ſolemnel,
De ſes fiers oppreſſeurs j'ai vengé la patrie ;
J'ai prodigué, pour vous, mon repos & ma vie
Je ne devois pas moins; mais ai-je auſſi promis
D'écraſer des vaincus déſarmés & ſoumis?
Non, je dois à leurs yeux, juſtifiant ma gloire,
Par la clémence enfin conſacrer la victoire.
La victoire eut envain couronné mes travaux ;
Combattre eſt d'un ſoldat; triompher d'un héros ;
Pardonner eſt d'un homme.

TAMZI.

Une juſte vengeance ...

MANCO.

Moi me venger! qui? moi! quelque bras qui m'offenſe,
Je pourrois m'oublier juſqu'à tremper mes mains
Dans un ſang cher aux Dieux, dans le ſang des humains,
Et frappant, ſans remords, un peuple de victimes,
Par un crime plus grand, juſtifier leurs crimes?

TAMZI.

Ce qui fut crime en eux eſt, en vous, équité.

MANCO.

Et que feroit de plus le ſauvage indompté
A déteſter les loix devons-nous le contraindre,
Et le déſeſpérer quand il faudroit le plaindre?
Au frein qu'on lui préſente il faut l'accoutumer
Et lui cacher ſa chaîne ou l'inſtruire à l'aimer.

TAMZI.

Mais craignez qu'abuſant d'une aveugle clémence ...

MANCO.

Aveugle! vous verrez quelle en eſt la puiſſance;
Que les cœurs les plus durs ſont ouverts à ſa voix;
Que c'eſt par elle enfin qu'on fait regner les loix,
Et qu'un Roi qui veut voir leur trône inébranlable
Doit, ennemi du crime, éclairer le coupable.

TAMZI.

Ainſi ces fiers Antis ...

MANCO.

　　　　　Inſtrumens du deſtin,
Ils m'ont ravi mon fils, je le ſçais; mais enfin

Du jour que je montai fur le trône du monde,
Je compris qu'en ce rang où fon bonheur fe fonde,
Il falloit m'immoler. Il falloit, malgré moi,
Renoncer à moi-même & n'être plus que Roi.
Combien, pour ce grand nom, j'ai répandu de larmes !
Que d'ennuis, de dégoûts, de combats & d'allarmes !
Mais ce nom néceffaire en impofe aux humains
Qui refpectent, en moi, l'ouvrage de leurs mains.
Je connois tout le prix de cet honneur infigne ;
Et, fi j'en abufois, je m'en croirois indigne.

T A M Z I..

En abufer, Seigneur ! par ce fang détefté,
Vous en allez plutôt fceller la fainteté.
Vous allez, étouffant le foyer des orages,
Prévenir pour jamais leurs funeftes ravages.
Et pourquoi, fi le glaive en vos mains fut remis
Pour oppofer la force à nos fiers ennemis,
N'oferiez-vous d'un coup remplir notre efpérance ?
La foibleffe pardonne & non pas la puiffance.
Eft-ce donc un fang vil qu'un Roi doit ménager,
Et quiconque peut tout craint-il de fe venger.
Devez-vous ? .... Pardonnez fi mon zele m'égare.

M A N C O.

Cachez-moi les tranfports de ce zele barbare.
Penfez-vous qu'être Roi c'eft régir d'un coup-d'œil
Des efclaves tremblans, jouets de notre orgueil ?
Que le néant retienne, ou que le ciel confonde
Ces tyrans qui vivroient pour le malheur du monde.
Sachez que l'homme enfin ne s'eft donné des Rois
Que pour venger, par eux, la nature & fes loix ;

Ses loix font des humains les arbitres suprêmes,
Mais ne regnent par nous qu'en régnant fur nous-mêmes.
Je ne le nierai point, ce féroce courroux,
Soif ardente du fang, doit m'étonner en vous.
Du fauvage abruti la féroce ignorance
Adore au fond des bois les Dieux de la vengeance;
Le Dieu du citoyen, dans la fociété,
Doit être un Dieu de paix, d'amour, d'humanité;
Et vous qui le premier lui portez notre hommage,
Vous en qui tout un peuple honore fon image,
Vous ofez?...

TAMZI.

Eh! ce peuple attend leur châtiment.

MANCO.

S'il l'ofe demander fa vertu fe dément.
Je dois l'y rappeller. Si ce pardon augufte
Peut l'étonner encore, il n'eft pas affez jufte,
Nos chefs & nos foldats, touchés de mes bontés,
M'ameneront ici ces fauvages domptés.
Vous, affemblez ce peuple, & qu'unis dans ce temple,
Les vainqueurs, les vaincus, inftruits par mon exemple,
Apprennent à s'aimer & portent aux autels
Un hommage épuré digne des immortels.

TAMZI (*à part en fortant.*)

Ah Dieux! tout me confond.

SCÈNE V.

MANCO, IDAMORE.

MANCO.

Quelle rage inhumaine
'Anime ce Pontife , infpiré par la haine ?
'Avec quelle furie.& quel emportement
Il ofe ici preffer cet affreux châtiment !

IDAMORE.

Seigneur, ou je me trompe, ou ce Prêtre féroce
'A conçu dans fon fein quelque projet atroce.
Zèle ou fureur, en lui tout eft trompeur & faux.
Qui fait fi le perfide , abufant un Héros,
Ne venoit point ici demander ce carnage
Pour vous charger du crime & , par un lâche outrage,
Sur vous , aux yeux du peuple, en rejetter l'horreur ?

MANCO.

Que dis-tu ? quoi, Tamzi ?...

IDAMORE.

Je connois fa fureur.
Daignent les juftes Dieux démentir ces préfages !
Mais , lorfque , nous tirant de nos antres fauvages,
Pour mieux lier le foible au nouveau joug des loix,
Vous rendites le ciel protecteur de leurs droits,
Quand , par un culte augufte , ignoré de nos pères,
Sa pompe , fa fplendeur , fes fêtes , fes myftères,

On

On vous vit établir un rapport glorieux,
Nécessaire peut-être, entre l'Homme & les Dieux;
Vous deviez, en tous lieux imposant au vulgaire,
Régner & sur le trône & dans le sanctuaire.
Sans partager les droits du suprême pouvoir,
Retenir en vos mains le sceptre & l'encensoir,
Et ne point, à nos yeux, livrer l'obéissance
Aux dangers, aux retours, aux chocs d'une balance
Où l'intérêt du ciel peut mettre un poids fatal,
Donner au Prince un maître ou du moins un égal.

MANCO.

Oui. Je vois mon erreur; & quelque jour peut-être
Je saurai;... cependant observe ici ce traître,
Ami, veille sur lui, marche sur tous ses pas;
Et, s'il se peut enfin, préviens ses attentats.

SCÈNE VI.

MANCO.

Quel jour épouvantable a passé dans mon ame!
Ciel, se pourroit-il bien qu'un séducteur infâme,
Pour s'élever lui-même abusant de ton nom!...

B

SCÈNE VII.

MANCO, IMZAÉ.

IMZAÉ.

Il est donc vrai, Seigneur, un généreux pardon,
Aux yeux du Ciel, auteur de vos destins prospères,
Va joindre, pour jamais, les Antis à nos frères !
Qu'un spectacle si doux que hâtoient mes désirs,
A mes yeux attendris prépare de plaisirs !

MANCO.

Tendre & dernier espoir d'une triste famille,
Vous que j'ai tant pleurée, ô mon sang, ô ma fille !
Vous par qui sont plus chers à mon cœur trop heureux
Les succès de ce jour qui vous rend à mes vœux !
Quoi, vous, par les Antis de ces lieux enlevée,
A leurs affreux autels peut-être réservée,
Trois ans, dans leurs forêts, livrée à tant d'horreurs,
Vous ne détestez pas vos cruels ravisseurs !

IMZAÉ.

Moi les haïr, Seigneur, haïr des misérables !
Et le pourrois-je, hélas, quand ils seroient coupables !
Mais ils ne le font point. Plus hardis que cruels,
S'ils vouloient de vos loix affranchir les mortels,
Une profonde nuit, sur leurs yeux répandue
En cachoit l'avantage & la gloire à leur vue.
Mais rien n'éteint en eux la sensibilité
Soutien de la justice & de l'humanité.

Je l'éprouvai moi-même ; &, tandis qu'éplorée,
De vous, dans leurs déserts, j'ai vécu séparée,
L'un d'eux... ô souvenir ! ô charme de mon cœur
Que n'effaceront point le temps ni mon bonheur !
L'un d'eux....

MANCO.

Hé bien ?

IMZAÉ.

Seigneur, en ce jour effroyable
Où, jusque dans le Temple, un vainqueur implacable
Osa braver nos Dieux &, d'un bras inhumain,
M'arracher des Autels que j'embrassois envain,
Je demeurai sans voix & ma bouche expirante
Ne put donner passage à ma plainte innocente.
Des ombres de la mort mes yeux furent couverts
Et je ne les r'ouvris que pour voir ces déserts,
Ces antres, ces forêts où, pâle & consternée,
Mes sombres ravisseurs m'avoient abandonnée.
Je remplissois les airs de mes cris douloureux.
Il m'entend. Il accourt. Sensible, généreux,
Il s'attendrit sur moi. Je ne sais, à sa vue,
Quel charme pénétra mon ame encore émue,
Mais soudain ces forêts, séjour de la terreur,
Semblerent, à mes yeux, dépouiller leur horreur.
Tout parut s'embellir à sa seule présence.
Je ne vis plus que lui. Ses soins, sa complaisance
Que sa bonté, Seigneur, ne démentit jamais
Dans mes esprits troublés ramenerent la paix,
Et mon cœur....

MANCO.

Vous l'aimiez !

I M Z A É.

　　　　　　　J'en étois adorée
Et ce triste Univers dont j'étois séparée,
Ces biens, ces faux plaisirs corrompus par l'ennui,
Fortune, éclat, grandeur, je trouvois tout en lui.

M A N C O.

Ah ! que me dites-vous ?

I M Z A É.

　　　　　　　Quel désespoir horrible,
Seigneur, a dû saisir une ame si sensible,
Lorsqu'il m'a cru perdue en ce funeste jour !

M A N C O.

Sait-il que votre cœur répond à son amour ?

I M Z A É.

Hélas ! lorsqu'à mes yeux il dévoiloit sa flame,
Il devoit le comprendre au trouble de mon ame.
La rougeur de mon front le lui déguisoit mal,
Mais ma bouche jamais n'en fit l'aveu fatal.
Soit qu'ainsi l'ordonnât ma tendresse timide,
Soit que, quelque penchant, quelqu'attrait qui nous guide,
Cette noble pudeur, cette heureuse fierté
Qui, de notre être, en nous soutient la dignité,
Jamais ne se démente en notre ame, allarmée
D'avouer même un feu dont elle est trop charmée.

M A N C O.

O charme ! ô doux empire ! ô voix de la candeur !
O vertu ! quel pouvoir prenez-vous sur mon cœur !

Dieux puis-je condamner, dans une ame si belle
De votre feu vainqueur la plus vive étincelle !

I M Z A É.

Ah, Seigneur !

M A N C O.

       Il le faut, sous l'empire des loix.
Fille trop chere ! hélas, tu n'es plus dans les bois
Où, sans les passions, une utile ignorance
Auroit, en nous, peut-être, affermi l'innocence.
Le Ciel daigne te rendre à la société.
Le Sauvage stupide, en sa férocité
Peut, à tous ses penchans s'abandonner sans crainte.
Ici la loi commande. Une utile contrainte
Enfante l'harmonie entre les Citoyens,
Et ce n'est point à toi d'en briser les liens.
Je suis loin de blâmer une si pure flame.
Ta foiblesse à mes yeux honore encor ton ame ;
Mais en toi doit renaître, & pour des jours plus beaux
Un arbre infortuné brisé dans ses rameaux ;
Ton Amant vertueux, mais loin du rang suprême ,
Ne peut jamais ici s'égaler à toi-même,
Et tu dois . . . . quel arrêt ! puis-je le prononcer ?

I M Z A É.

Quoi, Seigneur ?

M A N C O.

      Pour jamais tu dois y renoncer.

I M Z A É.

Y renoncer ! qui ? moi ? quand le sort le ramene ?
Quand, par vos soins heureux ? . . . .

B 3

MANCO.

Quelque efpoir qui t'entraine,
Tu dois, en l'oubliant, te montrer comme moi,
Digne de l'Univers qui m'a nommé fon Roi.

IMZAÉ.

Quel facrifice !

MANCO.

Il eft affreux, mais néceffaire.

IMZAÉ.

Le crime peut-il l'être ?

MANCO.

Ah, ma fille !

IMZAÉ.

O mon père !

MANCO.

Tu pleures malheureufe, & frémis dans mes bras !
Va, raffermis ton ame & ne m'attendris pas.
Crois qu'il en coûte affez à ma tendreffe extrême
De voir ton cœur brifé, de le brifer moi-même ;
Mais tel eft mon devoir. Le tien, par cet effort,
Eft d'honorer mes loix.

IMZAÉ.

Vous me donnez la mort.

Fin du premier Acte.

ACTE II.

SCÈNE PREMIERE.

MANCO, IDAMORE, CHEFS PERUVIENS.

MANCO.

PERE de la nature, ame & foutien du monde,
Vive image d'un Dieu dont la bonté féconde
Embraffe les mortels de fes faveurs comblés,
Soleil qui vois ici tes enfans raffemblés,
Toi dont j'ofe imiter l'augufte bienfaifance,
D'un regard protecteur honore ma clémence.
Verfe en toute famille, en toute nation
Ce fentiment fi doux de paix & d'union
Par qui, dans l'Univers tes rayons falutaires
Ne doivent déformais éclairer que des frères.

IDAMORE.

J'apperçois ces Captifs conduits par vos foldats.

MANCO.

Dieux, daignez mettre un terme aux fureurs des combats !

SCÈNE II.

Les mêmes. HUASCAR, ZELMIS, LES
ANTIS, GUERRIERS PÉRUVIENS.

MANCO (*aux Antis.*)

Approchez ; trop long-tems, par le feu de la guerre,
Vos criminelles mains ont défolé la terre.
Par votre châtiment juftement mérité
Je pourrois fatisfaire au monde épouvanté ;
Vous braviez feuls des loix l'autorité fuprême ;
Je vous ai combattus pour votre bonheur même ;
J'ai triomphé. Vivez.

HUASCAR.

Homme, & quels font tes droits
Pour nous parler en maître & nous donner des loix ?

MANCO.

Mes droits font la fierté de cœurs tels que les vôtres,
L'injuftice des uns, l'oppreffion des autres,
L'épouvantable abus de votre liberté,
Le fuffrage du monde & fur-tout l'équité.
Rappelle-toi ces bois, ces antres, ces rivages,
Qu'aux plus vils animaux, peut-être moins fauvages,
Difputent des humains errans, infortunés,
A leur féroce inftinct, fans guide, abandonnés

Et dans qui l'œil confus a peine à reconnoître
L'homme, presqu'effacé par l'oubli de son être.
A ce sanglant théâtre où régnent tant d'horreurs,
Compare un peuple heureux par ses loix & ses mœurs.
Vois-tu, dans ces palais, dans ces brillans asyles,
Ces mortels fortunés, ces citoyens tranquiles,
Eux qui, toujours en butte aux fureurs du plus fort,
Ou, par des coups plus sûrs, prévenant son effort,
Marchant de crainte en crainte ou de crimes en crimes,
Seroient dans les déserts ou tyrans ou victimes?
L'homme a besoin d'un frein. Rarement, à son choix,
Il est juste sans crainte & vertueux sans loix,
Et ne peut être heureux que sous le joug propice
Qui, malgré ses penchans, l'attache à la justice.
C'est ce joug fortuné que les tristes humains,
Lassés de tant de maux, ont reçu de mes mains.
C'est ce joug que t'impose aujourd'hui ma victoire.
J'y suis soumis moi-même & j'ose en faire gloire.
Apprends à le porter, & tes amis & toi,
Vivez dans ces remparts libres, mais sous la loi.

(à Zelmis.)

Eh bien, de cet effort, me croyois-tu capable?
Suis-je encore à tes yeux un Tyran détestable?
Et ton courroux ardent, à me perdre obstiné,
M'osera-t-il punir de t'avoir pardonné?
Tu vois ce que je puis, tu le craignois peut-être;

(Se tournant vers les Antis.)

Mais que, si votre cœur avoit su me connoître,
Nous aurions épargné de pleurs à l'Univers!
Il en est tems encor, réparons ses revers.
Sachons au bien commun sacrifier nos haines.
Roi, vainqueur, je suis loin de vous donner des chaînes,

Non. Il n'en eſt pour vous que les Loix & les Dieux.
Soumis à leur empire, en tout tems, en tous lieux,
Oppreſſeurs, opprimés, ſachez que leur juſtice
Étend ſur vous ſa main foudroyante ou propice.
De la Société reſpectez les liens.
Aimez les Dieux dans l'Homme, & ſoyez Citoyens.

(Manco rentre d'un côté avec ſes Chefs & ſes
Gardes. Les Antis ſortent de l'autre.)

SCÈNE III.

HUASCAR, ZELMIS, CHEFS DES ANTIS.

HUASCAR *(arrétant les Chefs des Antis comme*
ils ſont préts à ſortir avec leur
Peuple.)

Arrêtez. Citoyens ! eſt-ce ainſi que ſa rage
Prétend, dans tous les cœurs, éteindre le courage ?

(Se tournant vers le côté par où Manco eſt ſorti.)

Ah c'eſt trop impoſer à l'homme intimidé ;
Et ſous ton joug honteux il s'eſt trop dégradé.
Grands Dieux ! il n'eſt donc plus, il n'eſt plus ſur la terre,
De ces mortels hardis, élevés pour la guerre,
Libres, indépendans, maîtres de leurs deſtins,
Riches de leurs travaux, tenant tout de leurs mains !
Un Tyran dangereux, par ſa coupable adreſſe,
De l'Univers qu'il trompe a ſurpris la foibleſſe ;

En a détruit la force; & ſes coupables ſoins,
Sous le nom de plaiſirs, lui donnant des beſoins,
Ont ſu former par eux cette effroyable chaîne
Où la liberté tombe & languit incertaine.

UN CHEF SAUVAGE.

Quel eſt donc ce vainqueur? par quel charme fatal,
L'homme a-t-il ſur lui-même élevé ſon égal?
Il combat, il triomphe &, las de nous pourſuivre,
Nous abandonne encore à la honte de vivre!

HUASCAR.

O comble de l'outrage! oui, ce cruel bienfait,
A mes yeux irrités eſt ſon plus grand forfait,
Et ſi, trop éblouis d'un pardon ſi perfide,
Devant ce fier vainqueur baiſſant un front timide,
Vous n'en reſſentiez pas le plus brûlant dépit,
Si j'avois pu le craindre, Huaſcar vous eut dit:
Lâches cédez, pliez, rampez dans l'eſclavage,
Frémiſſez & mourez dans la honte & l'outrage.
Seul & maître de moi, dans ce vaſte univers,
J'irai, du fond des bois, inſulter à vos fers.
Il eſt ſous d'autres cieux, des terres inconnues
Où ſes chaînes encor ne ſont point étendues,
Où je pourrai jouïr, loin d'un maître odieux,
Des préſens de la terre & de l'aſpect des cieux.
Mais, puiſque, reſpirant une juſte vengeance,
Vous n'avez point fruſtré ma ſuperbe eſpérance,
Le Ciel, en tous les tems, ne la trompera pas.
Oſons tenter encor le deſtin des combats.
Oſons affranchir l'homme avili par un traître,
Et que l'on diſe un jour: la terre avoit un maître;
Des humains, dignes ſeuls de ce nom reſpecté,
Ont, dè ſes attentats, vengé l'humanité.

Je ne veux point fur vous ufurper un empire
Que j'abhorre moi-même & qu'il nous faut détruire.
Votre égal, votre ami, mon fort ne peut changer,
Et je n'appelle à moi que le plus grand danger.
Que ne puis-je moi feul, dans ma haine profonde,
Oppofer un bras sûr à la chute du monde!
Ou, tombant écrafé fous fes vaftes débris,
Entrainer nos Tyrans, avec nous, engloutis!
Venez.

UN CHEF SAUVAGE.

Allons.

ZELMIS (*à Huafcar.*)

          Arrête. O ciel! que vas-tu faire?
Malheureux, où t'engage une aveugle colère?
Quoi, toujours emporté par ton reffentiment,
Tu vas donc rallumer un vafte embrâfement
Dont la flamme, en nos bois fi longtems répandue,
Eft déformais éteinte ou du moins fufpendue?
Ah! prends pitié des maux qu'ont fouffert tes amis.
Crois-moi, cher Huafcar, l'univers s'eft foumis.
Soit foibleffe ou vertu, fa prompte obéiffance
A trop de fon vainqueur affermi la puiffance,
Et dût-il aujourd'hui, par l'effort de ton bras,
Etre précipité dans la nuit du trépas,
Bientôt avec effroi tu le verrois renaître
En un maître nouveau, plus dangereux peut-être.

HUASCAR.

Je fçais trop que, du jour où les foibles humains
Ont, au pouvoir d'un feul, confié leurs deftins,

L'orgueil qui sçut s'ouvrir une immense carriere
Ne dut plus, dans son cours, rencontrer de barriere.
Je sçais trop qu'il iroit, libre dans son essor,
De tyrans en tyrans se ranimer encor ;
Et c'est pour prévenir cette honte éternelle
Qu'à de nouveaux combats mon courage m'appelle,
Qu'il faut sauver le monde & rompre pour jamais,
Dans le premier tyran, la chaine des forfaits.

ZELMIS.

Combien la haine impose à ton ame inflexible !
Tyran ! Manco !

HUASCAR.

Lui-même.

ZELMIS.

Un Roi juste & sensible !
Qui, maître de nos jours, libre de se venger,
N'offre que des bienfaits à qui l'ose outrager,
Et qui, s'il a des Dieux usurpé la puissance,
N'en imite du moins que l'auguste clémence !
Je ne sçais, mais déja, vaincus par ses bontés,
Par l'espoir le plus doux, en ces murs arrêtés,
De ces palais brillans admirant la structure,
Nos amis, à leur sort, se livrent sans murmure.
Je l'ai vu dans leurs yeux, ils sont pleins d'un bonheur
Qu'ils ne conçoivent pas, mais qui flatte leur cœur.

HUASCAR.

Voilà par où Manco cherchoit à nous séduire.
De je ne sçais quels arts il prétend nous instruire.
Et qu'avons-nous besoin de ces arts dangereux ?
Et que peut-on apprendre à qui sçait être heureux ?
Nous l'étions dans nos bois. Cette pompe inconnue,
Cet éclat imposant qui frappe ici la vue,

Sont l'ivreſſe de l'homme & non pas ſon bonheur.
Ah ! s'il peut le trouver, ce n'eſt que dans ſon cœur,
Ce n'eſt que dans ce bien qu'il falloit mieux défendre,
Qu'un tyran nous arrache & que je veux vous rendre,
La liberté. Content d'enchaîner l'univers,
Si ce fier oppreſſeur nous laiſſoit nos déſerts,
Je vous dirois : partons &, plaignant ſa foibleſſe,
Abandonnons le monde à ſa honteuſe ivreſſe
Puiſqu'enfin ſous un maitre on l'a pu voir fléchir,
Il ne mérite plus qu'on l'en daigne affranchir.
Mais qu'abjurant notre être & ſes titres ſuprêmes,
Nous puiſſions à ce joug nous enchaîner nous-mêmes !

Z E L M I S.

Hélas ! qu'oppoſeront tes malheureux ſoldats
Qui n'ont que notre exemple, & leur cœur & leurs bras
A ces nouveaux efforts d'une horrible induſtrie,
Armes dont nul mortel ne ſoutient la furie ?

H U A S C A R.

N'avons-nous pas nos arcs, nos glaives ſoudroyans,
De la néceſſité redoutables enfans ?
S'ils ſont formés ſans art, l'arbitre de la gloire
A-t-il, à cet art ſeul, enchaîné la victoire ?
Et, ſans ce ſecours même, & ſans ces vains apprêts,
Les rameaux arrachés, dépouilles des forêts,
Les débris des rochers que nous offre la terre,
Voilà les traits vainqueurs des enfans de la guerre ;
Nos mains même, ces mains dont les efforts puiſſans
Nous vengent dans nos bois des monſtres frémiſſans,
A tout l'art des tyrans, voilà ce que j'oppoſe.

Z E L M I S.

Je ne le nierai point. Ta fierté m'en impoſe.

Tantôt, tu l'as pu voir, ton courage emporté,
Le fentiment profond de notre liberté,
Un intérêt plus cher qui peut tout fur mon ame,
En moi, de tes fureurs, avoient tranfmis la flame.
Je voulois, d'un feul coup terminant nos combats,
Venger des maux cruels que tu ne connois pas;
Mais quel remords! ô ciel! ô fageffe fuprême.!
A reconnoître un Roi m'appelliez-vous moi-même?
J'ai cru voir un héros, arbitre des humains,
Qui du monde, à fon gré, balançoit les deftins,
Un maître à qui les Dieux, dont il étoit l'image,
Ont tranfmis pour jamais leurs droits fur notre hommage,
Et, plein de leur grandeur que j'admirois en lui,
J'étois prêt, à fes pieds, d'implorer fon appui.

H U A S C A R (à *Zelmis.*)

Va.- Ce n'eft pas de toi que j'attends ma vengeance.

(*Aux autres Chefs.*)

Venez, dignes foutiens de notre indépendance,
Courrons à nos guerriers dans ces murs avilis
Leur rappeller leurs droits injuftement ravis;
Et, s'il faut qu'au tyran la fortune réponde,
Sauvons-nous, dans la mort, du joug honteux du monde.

SCÈNE IV.

ZELMIS.

Il n'attend pas, dit-il, sa vengeance de moi !
Mais pourquoi n'ai-je pu, glacé d'un prompt effroi,
Moi-même ici tantôt punir la main hardie
Par qui m'est enlevé le seul bien de ma vie ?
Et qu'est-il donc pour moi ce Roi, ce ravisseur ?
Ce qu'il est pour son peuple, un pere, un bienfaiteur
Dont le cœur, attendri par ma douleur extrême,
Sans doute, en ce séjour, me rendra ce que j'aime,
Si je puis à ses yeux déployer tout le mien.
Si . . .

SCÈNE V.

ZELMIS, IMZAÉ.

ZELMIS (*voyant entrer Imzaé qui ne
le voit pas d'abord.*)

Mais que vois-je ? ô ciel ! daigne être mon soutien.
Dans ces brûlans transports de joie & de tendresse,
J'ai peine à me connoître & tout à mon ivresse. . . .

(*Il va à elle.*)

Imzaé !

IMZAÉ.

Ciel ! ô ciel !

ZELMIS.

ZELMIS.

>   C'eft moi. C'eft ton amant
Qui, du fein du tombeau, renaît en ce moment.
C'eft moi qui te rapporte un cœur toujours fidelle.
Quel trait, quel coup affreux, quelle douleur mortelle,
Lorfqu'un bras ennemi t'a furprife fans moi,
A dû frapper ton cœur déja rempli d'effroi !
Quel profond défefpoir, à mon retour funefte,
M'a pénétré moi-même ! ô puiffance célefte
Dont la voix effrayante a daigné m'arrêter !
Où m'emportoit ma rage, & qu'allois-je attenter ?

IMZAÉ.

Ah ! malheureux !

ZELMIS.

>   Mais quoi ? pleins de trouble & de crainte,
Tes yeux encor fur moi tombent avec contrainte !
Quoi, dans l'heureux moment où je te fuis rendu,
Voudrois-tu te fouftraire à mon cœur éperdu,
Repouffer ma tendreffe, & m'oppofer encore
Cette gloire, ces loix, ces devoirs que j'ignore ?
Ah ! c'eft trop m'abreuver des poifons de la mort.
Il faut, il faut enfin déterminer mon fort.
Je n'ai voué qu'à toi ma vie infortunée,
D'un mot, d'un feul regard fixe ma deftinée.
Tu vois le défefpoir où mes fens font noyés ;
Daigne avouer ma flâme, ou je meurs à tes pieds.

IMZAÉ.

'A peine je refpire. O ! Dieux que je révère,
Pardonnez à mon cœur ce trouble involontaire !
Que fais-tu, malheureux ? hélas ! en quel féjour
Viens-tu me demander l'aveu de mon amour ?

C

Sçais-tu que, de ces loix, la puissance inhumaine,
Ici, plus que jamais, m'épouvante & m'enchaîne,
Et qu'innocent peut-être au fond de nos forêts,
Ce feu seroit un crime en ce triste palais.

ZELMIS.

Un crime! que dis-tu? cette flamme touchante
Sur toi, malgré toi-même, en secret si puissante,
(Car, malgré ton courroux, cette aimable rougeur,
Ce trouble, à mon aspect, élevé dans ton cœur
M'est un gage assuré d'une ardeur mutuelle.)
Et ce trouble charmant te rendroit criminelle!
Est-ce donc un opprobre? & les foibles mortels
Substituant leurs loix aux décrets éternels,
Et démentant les Dieux à nos vœux si propices,
Ont-ils fait, à leur gré, des vertus & des vices?

IMZAÉ.

Eh! qui ne l'eût point cru que les Dieux dans nos cœurs,
En nous les inspirant, épuroient nos ardeurs?
Peut-être étoit-ce ainsi lorsque, Roi de lui-même,
L'homme n'obéissoit qu'à leur pouvoir suprême.
Mais dès que, pour ces murs, il eût quitté les bois,
Il plia tout son être au nouveau joug des loix.
L'amour, l'amour fléchit sous un pouvoir si juste.
Le pere sur le fils reprit un droit auguste.
Il régla ses penchans, ses passions, ses mœurs;
Et ce droit paternel qui prévient tant d'erreurs
Fut le premier lien d'une union si chère.
Manco, dans tous les tems, m'a tenu lieu de père;
C'est à lui seul, à lui qu'appartient, sans retour,
Le droit, ce droit sacré d'avouer mon amour.

ZELMIS.

Eh bien! que peux-tu craindre? il est ton pere, il m'aime,
Si ton cœur est au mien par un charme suprême,

Va, cours lui déclarer que le mien n'eſt qu'en toi,
Qu'il faut.....

IMZAÉ.

Qu'oſe-tu dire ?

ZELMIS.

Ou plutôt conduis-moi.

Viens, ccurons à ſes pieds implorer ſa juſtice.
S'il écoute ſa voix, il faut qu'il nous uniſſe,
Qu'il nous rende à la vie, & ne ſépare plus
Deux cœurs, par le ciel même, à jamais confondus.

IMZAÉ.

Plût aux Dieux !... mais on vient. O ciel ! que dois-je faire ?
Tu m'as perdue.   (*Elle fuit.*)

ZELMIS (*courant après elle.*)
Arrête. Où fuis-tu ?

SCÈNE VI.

ZELMIS, TAMZI, MIRZIME.

TAMZI (*arrêtant Zelmis.*)

Téméraire,

Où porte-tu tes pas ?

ZELMIS.

Ah, tu vois mon effroi.

Dans ſes ſombres douleurs mon cœur n'eſt plus à ſoi.

C 2

J'aime. Je viens chercher une amante adorée ;
De profondes terreurs son ame est pénétrée.
A ma flamme, à la sienne elle oppose des loix,
Des devoirs, des vertus, inconnus dans nos bois.
Quels sont donc ces devoirs que je ne puis comprendre ?
Ami, tu les connois, daigne me les apprendre.

TAMZI.

Son devoir est ici de ne point écouter
Les vœux d'un vil mortel qui doit la respecter,
Et, sous la main d'un Roi, sur sa tête étendue,
Ne point, jusqu'à son sang, oser porter sa vue.

ZELMIS.

Vil ! ton égal ! un homme & l'ouvrage des Dieux !
Comme elle, & plus que toi, je suis grand à leurs yeux.
Malheur à qui dans moi ne veut point voir son frère.
Ton Roi plus généreux que la nature éclaire
Daignera mieux l'entendre & l'honorer en moi.

SCÈNE VII.

TAMZI, MIRZIME.

TAMZI.

Ah ! c'est trop m'accabler de ce grand nom de Roi.
Mais quel est ce mortel qui m'ose méconnoître ?
N'est-ce pas ce guerrier qu'on a vu, contre un maître,

Dans le combat tantôt, enflammé de courroux...

MIRZIME.

C'eſt lui-même.

TAMZI.

           Quel bras a retenu ſes coups?
Que ne m'a-t-il vengé d'un rival que j'abhorre?
Que n'a-t-il pu?... tu ſçais quel orgueil me dévore.
Tu ſçais, lorſque je vis le ſceptre des humains,
Cet éclat, ces grandeurs tomber en d'autres mains,
Quand je vis s'élever cet édifice immenſe,
Tous ces ordres divers, ces rangs, cette puiſſance,
Combien ce nom de Roi, juſqu'à nous ignoré,
Frappa mon cœur altier en ſecret déchiré.
Je frémis, en voyant l'égalité rompue,
Que mon ambition, qu'un autre a prévenue,
Me laiſſât, loin du trône, à l'ombre des autels,
Dans le premier degré, le ſecond des mortels;
Mais je compris bientôt que, de ce degré même,
Je pouvois bâlancer l'autorité ſuprême;
Et peut-être, régnant ſur les eſprits déçus,
Au nom ſacré des Dieux, m'élever au-deſſus.
Je remportai bientôt cette grande victoire.
Il ne me reſtoit plus, pour aſſurer ma gloire,
Pour monter ſur ce trône où m'éblouit Manco,
Qu'à le précipiter dans la nuit du tombeau,
Les ſauvages ſurpris, après vingt ans d'orages,
Devoient de tout leur ſang expier leurs outrages.
Parmi les cris confus de tant de malheureux,
Il devoit, ſous ton bras, ſuccomber avec eux.
Tu me l'avois promis, & ce coup néceſſaire,
Trompé par mes diſcours, l'imbécile vulgaire
Ne devoit l'imputer qu'au châtiment des Dieux
Vengeants ſur ſon auteur ce maſſacre odieux.

Tantôt brûlant & fier de hâter mon ouvrage,
Moi-même, auprès de lui, j'ai pressé ce carnage.
Vains efforts! il pardonne, & devenu plus grand,
Rendu plus cher encore au peuple qu'il surprend,
Peut-être pour jamais confond mon espérance!

MIRZIME.

Eh ! que se promet-il d'une vaine clémence ?
Je connois les Antis. Prompts à se révolter,
Vainement dans nos murs il croit les arrêter,
S'il prétend à nos loix soumettre leur courage,
Cette seule contrainte est pour eux un outrage,
Un opprobre honteux qu'ils voudront effacer
Au prix de tout leur sang qu'on a craint de verser.

TAMZI.

Oui. Tu m'ouvres les yeux. Il faut, avec prudence,
Du féroce Huascar aigrir la violence.
Va le trouver. Dis-lui que, pour son intérêt,
Je veux, en ce parvis, lui parler en secret.
Va. Dans les grands forfaits, alors qu'on tient la foudre,
Au tribunal du peuple on est sûr de s'absoudre.
De ce sauvage ardent irritons le courroux,
Et, par son bras enfin, portons les derniers coups.

Fin du second Acte.

ACTE III.

SCÈNE PREMIERE.

HUASCAR & les CHEFS SAUVAGES.

HUASCAR.

Oui, le Ciel se prépare à venger notre outrage.
Un de ces vils mortels, flétris par l'esclavage,
D'un injuste pouvoir, méprisables soutiens,
Qu'en ces honteux remparts on nomme Citoyens,
Pour s'élever lui-même, ardent à nous défendre,
Veut ici sans témoins me parler & m'entendre.
N'en doutez point. Cent fois, en ces lieux introduit,
Des mœurs de vos vainqueurs mes revers m'ont instruit.
En tyrans, l'un de l'autre, érigés par leur maître,
Je ne sais quel orgueil que ce lâche a fait naître
Enflamme tous les cœurs de l'espoir dangereux
D'asservir leurs égaux & de régner sur eux.
Puissent-ils, dans l'ardeur de cette horrible ivresse,
Oppresseurs, opprimés, traîtres, trahis sans cesse,
Puissent-ils invoquer le secours de nos bras
Et se punir, par nous, de leurs longs attentats !
Ou, si le sort nous trompe & s'obstine à confondre
Vos efforts & les miens, dont j'ose vous répondre,
Puissions-nous voir du moins, dans la société,
L'orgueil contre l'orgueil fièrement révolté,

C 4

Pour ce titre ufurpé de maître de la terre,
S'armer des traits du crime & des feux de la guerre ;
Tyrans contre tyrans, de leurs fanglantes mains,
S'arracher à l'envi le fceptre des humains,
Et forcer l'homme enfin, battu par tant d'orages,
A regretter encor fes retraites fauvages !
Mais j'ofe efpérer mieux de nos braves amis.
Vous avez vu leurs cœurs dans leur haîne affermis,
Lorfqu'à leurs yeux, frappés d'une vaine apparence,
Nous avons rappellé leur noble indépendance,
Premier bien que des Dieux reçut l'humanité.
Allez &, foutenant ce courage indompté,
Attendez, avec eux, que ma voix vous rappelle
Pour venger votre gloire ou mourir avec elle,
Et me laiffez ici préparer vos fuccès.

━━━━━━━━━━━━━━━

SCÈNE II.

HUASCAR, TAMZI, MIRZIME.

TAMZI (à Mirʒime dans le fond).

Viens, il faut, avec art, épier fes fecrets.

HUASCAR (fur le devant).

Ce mortel, dans fon ame inquiette, oppreffée,
Semble rouler ici quelque vafte penfée.
Pourroit-il craindre, ô Ciel ! de s'en ouvrir à moi ?

à Tamʒi.

Qui que tu fois, approche & parle fans effroi.

T A M Z I (*à Mirᶻime*).

Nulle crainte ne peut ébranler son courage,
Avançons, il est tems d'en irriter la rage.

à Huascar.

Que mon cœur est flatté de revoir ce Héros
Dont la terre étonnée admira les travaux;
Ce Héros dont le bras eût rétabli sa gloire
Si le courage seul eût fixé la victoire!
Oui, le Ciel m'est témoin que, dans ce jour d'effroi,
Instruit de tes desseins, j'ai fait des vœux pour toi;
Et, si ma foible voix eût fléchi sa justice,
Le destin des combats vous eût été propice.

H U A S C A R.

Qu'entends-je? Me trompé-je? Est-ce lui que je vois?
Tamzi! le fier Tamzi que j'ai vu, dans nos bois,
De son Maître orgueilleux envier la puissance,
Et des humains trompés briguer l'obéissance!
Est-ce lui qui me parle, & plaignant l'univers,
Eût voulu, par nos mains, en voir briser les fers!

T A M Z I.

Lui-même. Ah, désormais qu'un autre esprit m'anime!
Qu'une épreuve funeste, en ce séjour de crime,
Depuis ces tems heureux, a bien changé mon cœur!
Qu'au prix de tout mon sang, expiant mon erreur,
Je voudrois renverser, vainqueur par la mort même,
Ce pouvoir que tu hais, qui m'écrase & qu'on aime!

H U A S C A R.

Ecoute, jusqu'ici libre dans les forêts,
Je ne connois point l'art de ces piéges secrets.

Dans la Société tout n'eſt qu'adreſſe ou feinte,
Et, près d'un Citoyen je ne ſuis pas ſans crainte.
Mais, ſi de l'homme en toi tu reconnois les traits,
Si la gloire, à tes yeux, a repris ſes attraits,
Si cette liberté, la grandeur de notre être,
Tu ne l'as point vendue à ton indigne Maitre,
A l'eſpoir d'y rentrer oſe élever ton cœur.
Je peux t'ouvrir un champ digne de ta valeur.
Uniſſons nos chagrins ſans foibleſſe & ſans crainte.
Tu connois les détours de cette vaſte enceinte;
Conduis nos pas, ſeconde un généreux deſſein.
Nous volons au tyran, je le frappe, & ſoudain,
Avec tous nos amis qu'un même eſpoir raſſemble,
Sans obſtacle, en nos bois, nous revolons enſemble.

T A M Z I.

Vous pourriez?...

H U A S C A R.

  Ils ſont prêts, ranimés par ma voix,
Et n'attendent que nous pour reprendre leurs droits.

T A M Z I.

C'eſt ſans doute en ſecret le bonheur où j'aſpire ;
Mais, par ce grand eſpoir, voudrois-tu me ſéduire?

H U A S C A R.

Moi, tromper! c'eſt un art de la ſociété.
Mais au fond de ton cœur, je te vois agité!
Tu frémis! je t'entends. Nourri dans l'eſclavage,
Tu ne peux concevoir un ſi noble courage.
C'eſt toi qui viens ici, par tes diſcours trompeurs,
Surprendre mon courroux, épier mes fureurs.

Qu'un si lâche artifice est bien digne d'un traître,
D'un mortel assez vil pour se donner un Maître,
En qui le sceau des fers qu'il aime à déployer,
Doit avoir, dès long-tems, effacé l'homme entier;
Et qui peut-être encore, en son orgueil extrême,
Ne sert son fier tyran que pour l'être lui-même!
Mais crois-tu, si son fils respiroit en ces lieux,
Qu'il te laissât monter à ce rang odieux?
Eh bien, si cet espoir peut te flatter encore,
Sers mon courroux, perfide, ou ce fils qu'on ignore,
Qui coûta tant de pleurs à son pere éperdu,
Va renaitre à ma voix, & lui sera rendu.

T A M Z I.

Que dis-tu? Quelle horreur m'oses-tu faire entendre?

(à part à *Mirzime*).

Quel effrayant secret viens-je encor de surprendre?
Mon sang se glace. O Ciel! Zérophis, dont les droits
M'excluroient pour jamais de ce haut rang des Rois,
Zérophis est vivant!

(à *Huascar*).

           Trompé dans ta vengeance,
Tu n'as point à tes Dieux immolé son enfance?

H U A S C A R.

Moi, des crimes du pere oser punir le fils!
Peux-tu bien le penser? Ces forfaits inouis
Sont faits pour une main dans les fers avilie;
Je connois la vengeance & non la perfidie.
J'ai soustrait cet enfant au droit injurieux
Qui l'appelloit au trône en ces funestes lieux,
Mais j'ai dû respecter sa liberté première,
Son titre à la vertu, son droit à la lumière.

'Aux humains inconnu, mais libre, généreux,
Et s'ignorant lui-même, il en est plus heureux.
Mais puisque ton adresse a surpris ce mystère,
Je vais, pour t'en punir, l'annoncer à son père,
Et fier d'éteindre enfin ce sang impur des Rois,
Reviens, avec les miens, vous immoler tous trois.

TAMZI.

Je ne sais si je vis. Dans ma surprise extrême...
Zérophis conservé! lui! Zérophis!

HUASCAR.

       Lui-même,
Lui que de ce Palais mes mains ont enlevé.
A tromper ton orgueil peut-être réservé.

TAMZI *(après un moment de réflexion)*.

Cesse d'ouvrir ton ame à tant de méfiance.
Je ne balance point à servir ta vengeance.
Mon cœur, comme le tien, s'ouvre à l'auguste voix
Du monde gémissant qui réclame ses droits;
Mais un remords profond m'arrête & m'intimide.

HUASCAR.

Toi!

TAMZI.

   Le fils de Manco, sans lumiere & sans guide,
Mêlé parmi les tiens, respire en ces remparts?

HUASCAR.

Oui.

TAMZI.

Dans ce jour de ſang, dans ce champ des haſards,
Dont j'aſpire ſans doute à t'ouvrir la barrière,
Pouvons-nous l'expoſer à maſſacrer ſon père?
L'oſons-nous?

HUASCAR.

Que dis-tu? J'en friſſonne d'horreur.
Ton remords, faux ou vrai, glace en effet mon cœur.
Non, ce n'eſt point à moi de tromper la nature:
Je n'en puis en mon ame étouffer le murmure.
Non, la liberté même, en ce jour malheureux,
Achetée à ce prix, n'auroit rien que d'affreux.

TAMZI.

Nous pourrions prévenir ce honteux parricide.

HUASCAR.

Nous?

TAMZI.

On peut obſerver ce jeune homme intrépide
Qui peut-être, à ce crime, aſpire avec fureur.

HUASCAR.

Qui, lui? Non.

TAMZI.

Qu'en ſais-tu?

HUASCAR.

Soit inſtinct, ſoit terreur,
La nature l'allarme & s'explique peut-être.
Mais n'importe. Il pourroit...

TAMZI.

                    Oui, je dois le connoître.
Mon cœur à ce seul prix, peut t'engager sa foi.

HUASCAR.

Me trompes-tu toujours quand je me livre à toi?
Peut-on bien, à ce point, démentir sa noblesse,
Qu'à ces détours honteux on descende & s'abaisse?
Ce doute m'épouvante. Ah, si c'est la vertu
Qui commande en effet à ton cœur combattu,
Devant ce ciel vengeur, notre Juge suprême,
Je t'avoue & plus juste & plus grand que moi-même.
Mais si tu n'es qu'un traître, objet de son effroi,
Sans doute il n'en voit point de plus fourbe que toi.
Avant donc que sa main récompense ou punisse,
Ose, si tu le peux, attester sa justice
Que, me tendant sans honte un piége ténébreux,
Tu n'en imposes pas à mon cœur généreux.

TAMZI.

Ciel, si je le trahis, puisses-tu me confondre!

HUASCAR.

Ce garant de ta foi saura bien m'en répondre.
Ecarte ce témoin.

TAMZI.

                    Mirzime, éloigne-toi.
                              (*Mirzime s'écarte.*)
Eh bien?

HUASCAR.

        Ce Zérophis, le vrai sang de ton Roi ...

TAMZI.

Parle. C'est?

HUASCAR.

Ce guerrier dont la main fanguinaire
Tantôt, dans le combat, alloit frapper fon père.

TAMZI.

Dieux !

HUASCAR.

Juge fi fa rage a dû m'épouvanter.

TAMZI.

(*à part*)
C'eſt donc lui?   (*à Huaſcar.*)
C'eſt affez. Je faurai l'écarter.
Va, cours dès cet inſtant affembler tes cohortes.
Ma main, de ce palais, va leur livrer les portes.
Vole. Frappe Manco. Délivre enfin mes yeux
D'un tyran qui m'opprime & d'un joug odieux.

HUASCAR.

Si les Dieux, à fon bras, n'ont prêté leur tonnerre,
Avant que le foleil defcende fous la terre,
Tu le verras tomber, expirant fous mes coups.

SCÈNE III.

TAMZI, MIRZIME.

TAMZI.

Où fuis-je? ô ciel! où fuis-je! ô vengeance! ô courroux!
Zérophis vit encore ! ah! fa perte eſt certaine.
Zérophis! conçois-tu tout l'excès de ma haine?

Par son nom, par ses feux, trahi de tout côté,
Tout s'arme contre lui dans mon cœur révolté.

MIRZIME.

Comment?

TAMZI.

C'est ce guerrier brûlant pour la Princesse...

MIRZIME.

Quoi! vous seriez jaloux...

TAMZI.

Une indigne foiblesse
N'amollit point mon cœur plein de si grands desseins.
Mais la fille des Rois unie à mes destins,
De ma grandeur naissante instrument nécessaire,
M'eut été le garant de la foi du vulgaire.
On est grand par soi-même, on n'est Roi que par lui,
Et Zérophis, ô ciel! pour m'ôter tout appui,
Renverseroit encor, par son amour funeste,
Le dernier fondement de l'espoir qui me reste!
Ah, je suivrai partout la trace de ses pas.
Il sera le premier qu'immolera mon bras.
Va, cours ouvrir la scène à ces sanglans orages.
Dans ce palais horrible introduis les Sauvages.
Abandonnons le père aux fureurs des Antis.
Va, je prends sur moi seul de m'affranchir du fils,
Et je vole....

SCENE

SCÈNE IV.

TAMZI, IMZAÉ.

IMZAÉ.

Arrétez, Seigneur. Daignez m'entendre.
Daignez, d'un cœur sensible & malgré lui trop tendre,
Recevoir à vos pieds le triste épanchement.
Digne organe d'un Dieu, père juste & clément
Qui voit d'un œil égal, & soutient, & console
Tous les êtres divers, enfans de sa parole,
Si, leur ouvrant aussi votre cœur généreux,
Vous êtes, sous le ciel, l'appui des malheureux,
J'ai quelque droit, du moins à ce titre funeste,
A la tendre pitié de ce Dieu que j'atteste,
A la vôtre.

TAMZI.

Qui, vous ? vous, la fille des Rois !
Vous dont le sort....

IMZAÉ.

Seigneur, j'ai vécu dans les bois.
Vous ne l'ignorez pas, ma triste destinée,
Trois ans, loin de ces murs, m'y retint enchaînée.
Je touchois à cet âge aveugle & dangereux
Où le cœur, sans objet, forme pourtant des vœux,
Et ne pouvois encore assez bien me connoître
Pour rougir d'un attrait.... qui vient des Dieux peut-être.

D

Je crus, dans ces déferts, libre du joug des loix,
Pouvoir, toute à mon cœur, n'écouter que fa voix.
Et Manco la condamne &, malgré fa juftice,
Exige de mes vœux le cruel facrifice !
Ah, peut-il demander cet effroyable effort ?
J'ai cru, dans cet arrêt, voir l'arrêt de ma mort.
Je n'ai pu lui répondre &, dans ce moment même,
Plus que jamais, livrée à ce charme fuprême
Que, de mon cœur mourant, rien ne peut effacer,
En lui portant mes pleurs, je crains de l'offenfer.

T A M Z I.

O ciel ! &, de ma voix, que pouvez-vous attendre ?

I M Z A É.

Tout ce que, d'un cœur noble, on a droit de prétendre.
Daignez le voir, Seigneur, à fes yeux attendris
Daignez peindre le trouble où flottent mes efprits.
S'il m'aime & fi, pour lui, ma vie eft encor chere,
Daignez . . . .

T A M Z I.

Moi feconder un amour téméraire !
Mais vous-même, en fecret, ne rougiffez-vous pas
De vous laiffer furprendre à ce honteux appas ?

I M Z A É.

En rougir ! moi, Seigneur ? rougir de cet empire
Que prend fur moi mon cœur qu'un Dieu propice infpire !
La honte eft dans le crime, & ce cœur, en ce jour,
Ne me reproche rien, pas même mon amour.

T A M Z I.

Quoi vous, au plus haut rang, par le fort deftinée,
Par un indigne amour lâchement entraînée,

Vous lui facrifieriez ces titres glorieux,
Ces grands noms dont l'éclat vous diftingue à nos yeux ?

IMZAÉ.

Ah, Seigneur ! ces grands noms que l'orgueil a fait naître
Diftinguent cet orgueil fans élever notre être,
Et grand par fa vertu, quels que foient fes deftins,
Sans le fecours pompeux de tous ces titres vains
Qui laiffent aux cœurs vils leur baffeffe profonde,
Mon Amant, à mes yeux, eft le premier du monde,
Je lui facrifirois & le trône & mon fang.

TAMZI.

Ces tranfports, ce mépris de votre augufte rang,
Tout me furprend en vous & peut-être m'offenfe
Moi qui, des loix fur-tout, dois prendre la défenfe,
Moi dont le cœur altier que vous femblez braver,
Seul ici, jufqu'à vous, digne de s'élever,
Peut-être eut en fecret ofé prétendre au vôtre.

IMZAÉ.

Vous, Seigneur, demander un cœur où regne un autre ?
Un cœur qui n'eft plus libre & ne vit plus en foi ?
Pourriez-vous, fans remords, m'arrachant à ma foi,
Vous le vengeur d'un Dieu, l'auteur de la nature,
M'aimer contre fon ordre & jouir d'un parjure ?

TAMZI.

Non, je vois qu'il eft temps d'étouffer tout efpoir ;
Je vois &, dans mon cœur, je frémis de le voir,
Qu'on ne peut me couvrir d'un affront plus infigne ;
Mais vous qui m'accablez de ce mépris indigne,

D 2

Tremblez de ma vengeance, & que ce vil Amant
N'expie & cet outrage & votre égarement.

***

SCÈNE V.

IMZAÉ.

QUEL coup de foudre ! ô Ciel, quel courroux ! quel langage !
Qui fait à quels excès peut s'emporter fa rage !
Quoi, mon amour funefte, à mon Amant trahi,
Par trop d'emportement, fufcite un ennemi,
Un ennemi puiffant qui, par fon caractère,
Séduit, ébranle, irrite, entraine le vulgaire !
Il peut, contre le foible armer le bras des Dieux,
Par eux, malgré le Roi, l'immoler à mes yeux,
Et déployant fans honte un zèle fanguinaire
Nous . . . .

***

SCENE VI.

IMZAÉ, ZELMIS.

ZELMIS.

JE viens de tomber aux genoux de ton père,
Plein d'efpoir, devant lui j'ai déployé l'ardeur
Qui, de ton cœur fenfible a paffé dans mon cœur,

Et tes vœux & les miens & nos tendres alarmes.
Croirois-tu que ses yeux se sont baignés de larmes?
Leve-toi, m'a-t-il dit, ton ingénuité
Prend trop d'empire encor sur mon cœur agité.
Leve-toi. J'aurai soin d'adoucir tes misères.
Je te vois du même œil dont je vois tous tes frères,
D'un œil plus doux encor. Va, mais, s'ils te sont chers,
Si tu gémis long-tems des maux qu'ils ont soufferts,
L'inflexible Huascar, dédaignant ma clémence,
Excite encor, dit-on, leur bras à la vengeance.
A la paix, s'il se peut, ramene enfin leur cœur,
Et laisse moi le soin de ton propre bonheur.
Juge, sur cet espoir, du zèle qui m'anime.

I M Z A É.

Ah, fui plutôt ces murs habités par le crime.

Z E L M I S.

Que dis-tu ? quel effroi ? . . . . moi fuir ! moi te quitter !

I M Z A É *regardant de tous côtés.*

Dieux ! si, dans ces lieux même il venoit l'arrêter !
Va, pars & laisse-moi l'horreur qui me dévore.

Z E L M I S.

Moi ! mais quel piege ici peut-on me tendre encore ?
Je ne partage point, avec vos Citoyens,
Ces frivoles tréfors qu'ils appellent leurs biens.
On dit que, de ces biens, le funeste partage
A, de l'un contre l'autre, armé souvent la rage.
Je ne les connois pas. Je sais les méprifer.
Mon bras pour me défendre, & mon cœur pour l'oser,

Voilà mes feuls tréfors , le foutien de ma vie.
Par où puis-je irriter les fureurs de l'envie ?
Quel intérêt ? . . . .

I M Z A É.

Ainfi rien ne peut t'ébranler ,
Ton danger ni mes pleurs que tu peux voir couler !
Eh bien , jouis enfin du fpectacle barbare
Qu'a tes yeux effrayés mon défefpoir prépare ,
Cruel ; car fi le jour t'eft odieux fans moi,
Penfe-tu qu'Imzaé puiffe l'aimer fans toi ?
J'ai voulu prévenir & ma mort & la tienne,
Tu veux périr , viens donc, que rien ne te retienne ,
Immole ton Amante & , couvert de mon fang,
Cours te livrer aux coups du traître qui t'attend.

Z E L M I S.

Arrête. C'en eft trop ; & quel eft donc ce traître ?
N'ofes-tu le nommer ? ne puis-je le connoître,
Ou crains-tu que mon bras , prompt à le prévenir ,
De fes lâches forfaits ne puiffe le punir ?
Mais d'où naît , contre moi, fon injufte colere ?
Ah , je pénetre enfin cet horrible myftere ;
Dieux, l'aurois-je dû craindre ? ô vengeance ! ô fureur !
Le traître, quel qu'il foit, m'ofe envier ton cœur.
Nomme-le moi. Je vole & venge mon injure.
Nomme-le moi , te dis-je , où je te crois parjure.

I M Z A É.

Qu'ai-je entendu ? grands Dieux ! quand je frémis pour lui,
C'eft lui, de fes foupçons, qui m'accable aujourd'hui !
Eft-ce ainfi que Zelmis apprit à me connoître ?
Eh, que me ferviroit de te nommer le traître,

Si fa mort, quoique juste, est un crime pour toi,
Et t'expofe toi-même aux rigueurs de la loi?

ZELMIS.

Quoi, toujours m'oppofer cette loi que j'abhorre!
Peux-tu bien, entre nous, la rappeller encore,
Barbare? ah, pour punir ton filence odieux,
Je cours fervir ton Roi, dût cent fois, à tes yeux,
Me furprendre la main, la main lâche & hardie,
Que tu peux me cacher pour l'horreur de ma vie.
Adieu.

IMZAÉ (*feule.*)

Ciel! où vas-tu?. reviens... apprends.. je meurs.

SCÈNE VII.

IMZAÉ, MANCO.

MANCO (*dans le fond en entrant fans voir Imzaé.*)

Zelmis! pourra-t-il feul défarmer leurs fureurs?

IMZAÉ.

Ah, c'eft vous que j'implore en ma douleur extrême.
Seigneur, daignez défendre un malheureux qui m'aime.
Daignez fauver Zelmis des coups d'un furieux.

MANCO.

Zelmis!

I M Z A É.

Oui. Le Pontife, au mépris de ſes Dieux,
Le cherche, le pourſuit, & brulant de colere...

M A N C O.

Eh d'où peut naître, ô ciel ! ce tranſport ſanguinaire ?
Que veut-il ?

I M Z A É.

Je ne ſai. Mais, s'il n'eſt prévenu,
C'en eſt fait. Ah, Seigneur, ſur ce cœur éperdu,
Si, d'un amour fatal, vous condamnez l'empire,
Vous ne demandez pas que l'innocent expire,
Qu'un Héros, à vos yeux, ſoit puni de m'aimer...

M A N C O.

Moi ! Quand, par lui, mon cœur ſemble ſe ranimer !
Ah, plutôt !

S C È N E   V I I I.

MANCO, IMZAÉ, ZELMIS.

Z E L M I S (*accourant à Manco.*)

Arme-toi. Cours. Songe à te défendre.
Nos Antis ſoulevés ſont prêts à te ſurprendre.

Un des tiens entre même en ce complot affreux.
Vole.

M A N C O.

Qu'entens-je encor ? Monarque malheureux !
Un citoyen !

S C È N E I X.

(*Les mêmes.*) I D A M O R E.

M A N C O (*à Idamore qui entre.*)

Sais-tu quelle horreur me déchire ?
Un traître . . . .

I D A M O R E.

C'est Tamzi. Je viens vous en instruire.
Avec ce fier sauvage en ces murs retenu,
Longtems ici tantôt il s'est entretenu.
J'ai compris qu'en secret ils formoient quelque orage.

M A N C O (*à des Gardes.*)

Qu'on le saisisse, allez. Qu'on prévienne sa rage.

Z E L M I S (*à Manco.*)

Mais c'est peu de te perdre, on te cache ton fils.

M A N C O.

Mon fils !

Z E L M I S.

Oui. Confondu parmi nos fiers Antis . . . .

MANCO.

Eſt-il poſſible ?

ZELMIS.

Il vit, ignorant ſa naiſſance.

MANCO.

Zérophis !

ZELMIS.

Huaſcar en a ſeul connoiſſance.
Tous les miens m'ont inſtruit de ces affreux ſecrets.

MANCO.

Ah Dieux !

(*à Idamore, en lui montrant Zelmis.*)

Veille ſur lui dans ce triſte palais.
Sauve au moins ce Héros des ſurpriſes d'un traître,
De complices obſcurs trop appuyé peut-être.

(*à Imzaé.*)

Et vous, allez, ma fille.

IMZAÉ.

Ah, malgré mon effroi ;
J'obſerverai ce traître.   (*elle ſort.*)

MANCO.

Accourez. Suivez-moi,
Guerriers, vengeurs du trône, invincibles cohortes.

(*des Guerriers en armes entrent ſur la ſcène.*)

(*A une partie de ces Guerriers.*)

Vous, volez aux remparts.

(*à l'autre.*)

Vous, qu'on ferme les portes.

(*à une troisieme.*)

Nous courons, à l'instant, arrêter les Antis.
O Dieux ! sauvez mon peuple & rendez-moi mon fils.

Fin du troisieme Acte.

ACTE IV.

SCÈNE PREMIERE.

ZELMIS, IDAMORE.

ZELMIS.

On combat. Le sang coule? O! vengeurs que j'implore,
Grands Dieux !   (*à Idamore.*)
         Et dans ces murs tu me retiens encore !
Mon Roi, mon bienfaiteur ! Peut-être il va périr !
Je frissonne. Et mon bras ne peut le secourir !
Ah ! tu vois mes terreurs & l'espoir qui me guide.
Tu sais si, menacé des fureurs d'un perfide,
En ces momens cruels je peux trembler pour moi.
Mais quel autre perfide attaque ici son Roi?
S'il en fut offensé, je n'oserois le croire,
D'où vient que, d'un bras sûr défenseur de sa gloire,
Il ne se venge pas à la clarté des cieux ?
Pourquoi souffler dans l'ombre un feu séditieux?
Ce n'est point par cet art, ces trahisons obscures,
Qu'au sein de nos déserts nous vengeons nos injures.
Ah ! si, de ces remparts les lâches habitans,
Si prompts à nous couvrir de mépris insultans,
Si fiers d'une police inutile ou perfide,
N'en ont appris enfin que cet art parricide

D'assassiner leur frere en lui cachant leurs traits ;
Ne valoit-il pas mieux rester dans les forêts ?

IDAMORE.

Hélas ! ici du moins la loi poursuit le crime.

ZELMIS.

Voilà donc tout l'effet de cette loi sublime !
On punit l'attentat qu'il falloit prévenir,
Et la société n'a fait que l'enhardir.

IDAMORE.

Mais enfin, dans les bois, l'homme est-il moins coupable ?

ZELMIS.

Il l'est sans art du moins.

IDAMORE.

            Va, cet art détestable
Confondu tôt ou tard . . . .

ZELMIS.

            Et cependant, ô Dieux !
Emporté dans les flots d'un combat furieux,
Manco, s'il n'est vainqueur, poursuivi par un traître,
Sous ce bras inconnu va succomber peut-être !
Et la vertu, du monde & la gloire & l'amour,
Auroit le fort du crime en ce funeste jour !
Non. Dût enfin sur moi retomber la tempête,
Je saurai la défendre ou la venger.   (*Il sort avec*
                                précipitation.)

IDAMORE.

                        Arrête.

Il m'échappe. Ah ! courons.

SCÈNE II.

MANCO, IDAMORE, GARDES.

MANCO (*arrétant Idamore & se jettant*
tout éperdu dans ses bras.)

Ne m'abandonne pas,
Cher ami, je me meurs, j'expire dans tes bras.

IDAMORE.

Seigneur!

MANCO.

Non. Je ne puis soutenir la lumière
De ce flambeau des cieux honteux, dans sa carrière,
Honteux de m'avoir vu, du pur sang des humains,
Malgré lui, malgré moi, souiller deux fois mes mains.

IDAMORE.

Quoi ces cruels, Seigneur, ont osé se défendre?
Quoi leur fureur?...

MANCO.

Hélas! je croyois les surprendre.
J'allois leur pardonner. Ils s'avançoient vers nous.
Il a fallu combattre & repousser leurs coups.
Ah! je succombe encore à cette horrible image.
Et sur moi seul, sur moi retombe enfin leur rage!

O pere déplorable ! ô tourmens inouis !
J'ai perdu tout espoir de retrouver mon fils,
Si, des Dieux irrités épuisant la colere,
Il n'est déja tombé sous les coups de son pere !

IDAMORE.

Ciel !

MANCO.

Maître des humains qui me vois confondu,
N'aurois-tu fait briller à mon œil éperdu
L'espoir de retrouver ce soutien de mon être
En qui seul aujourd'hui, par qui j'ai cru renaitre,
Que pour mieux tourmenter, mieux déchirer mon cœur,
Et me rendre à moi-même un spectacle d'horreur ! .

IDAMORE.

Ah ! si mon bras pouvoit ! . . . si, propice à mon zèle,
Le ciel daignoit permettre ! . . . ainsi ce fier rebelle,
Obstiné dans sa haine, Huascar n'a rien dit !

MANCO.

Je n'ai pu lui parler. Enflâmé de dépit,
Dès qu'il a vu plier ses troupes frémissantes,
Frappant au loin les airs de clameurs effrayantes,
Emporté dans nos rangs, terrible, furieux,
Défiant à la fois les hommes & les Dieux,
Tout à son désespoir dont l'ardeur le maitrise,
C'en est fait, a-t-il dit, toujours par la surprise,
L'univers est vaincu, mais je ne le suis pas.
A ces mots. Il s'élance, & tout cede à son bras.
Parmi le sang, les morts, les glaives, le carnage,
Sa rage cherche encore à s'ouvrir un passage.
Je le suis. Je l'appelle & , s'il me rend mon fils,
Lui promets, à leurs bois, de rendre les Antis.

Vains efforts. Il s'avance à la porte sacrée
Où, de l'astre des jours, l'image est adorée,
En massacre la garde &, courant pour jamais
Se perdre encore au sein de ses vastes forêts,
D'un pere inconsolable emporte l'espérance.

IDAMORE.

O ; de tant de bonté, funeste récompense !

MANCO.

Et le cruel me laisse, insultant à mon sort,
A ce doute accablant plus affreux que la mort !
Ah ! Dieux ! en ces horreurs dois-je mourir ou vivre ?

IDAMORE.

Mais nos guerriers, Seigneur, n'ont-ils pu le poursuivre ?

MANCO.

On le poursuit envain. Dans ces bois ténébreux,
Ces rochers escarpés, ces sentiers tortueux,
Des pas de ce barbare où retrouver la trace ?
Cependant les Antis, ranimant leur audace,
Toujours plus furieux, plus fiers, plus indomptés,
Par nos soldats vainqueurs pressés de tous côtés,
Les repoussent encor. Leur constante furie,
Malgré mon ordre exprès de respecter leur vie,
Va, du coup que je crains, s'il n'est déja porté,
Peut-être. . . .

IDAMORE.

Espérez mieux du ciel dont l'équité
Pour la vertu, Seigneur, tôt ou tard se déclare.

SCENE

SCÈNE III.

MANCO, IDAMORE, UN CHEF PÉRUVIEN.

MANCO (*au Chef Péruvien.*)

Ah! que vient-on m'apprendre & que fait ce barbare ?

LE CHEF.

Seigneur, on l'a surpris, & nos braves soldats,
En ces lieux, malgré lui, vont entrainer ses pas.
Partout enveloppé, dans un étroit passage,
Vainement à la force il joint encor la rage.
En quelque horrible effort qu'elle puisse éclater,
Désarmé par le nombre, il ne peut résister.
Et bientôt, à vos pieds, son audace abattue....
Je l'entends.

MANCO.

C'est lui-même, & mon ame éperdue...

SCÈNE IV.

MANCO, IDAMORE, HUASCAR, TROUPE DE GUERRIERS.

HUASCAR (*en entrant & faisant effort pour se dégager des mains de ceux qui le tiennent.*)

Vil rebut des mortels qui trompez ma valeur,
Traîtres, laissez-moi libre, ou craignez ma fureur.

(*à Manco en s'élançant vers lui & toujours retenu.*)

Et toi que me veux-tu? par quelle loi cruelle? . . . .

IDAMORE.

Chefs, soldats, retenez cet esclave rebelle.

HUASCAR (*à Idamore.*)

Esclave ! il n'est ici d'autre esclave que toi.
Comme à tous les humains, la terre est toute à moi.
Je suis homme.
MANCO.

Sans doute, & puisse ta colere
En respecter, en moi, l'auguste caractere,
En moi qui t'aime, en moi que ton cœur prévenu
Déteste trop peut-être & n'a jamais connu.

HUASCAR.

Je ne connois que moi. Né pour l'indépendance,
Implacable ennemi d'une injuste puissance,
Les disgraces du sort ne m'ont point abattu.
Sous le nombre accablé, je ne suis point vaincu.
Je perds ma liberté, mais sans perdre ma gloire,
Et ma chûte, pour toi, n'est point une victoire.
Ne me regarde point de cet œil menaçant
Dont tu vois, à tes pieds, le monde obéissant.
Par l'adresse & la force enchaînant son courage,
Ton orgueil téméraire a surpris son hommage.
Tu sus combattre & vaincre, & l'on reçut ta loi.
La crainte enchaina l'homme, & le vainqueur fut Roi....

MANCO.

La crainte ! dis l'amour, & ce pouvoir auguste,
Scellé du monde entier, ne sauroit être injuste.

HUASCAR.

Il l'est puisque mon cœur ne le reconnoît pas ;
Que, pour le renverser, le ciel armoit mon bras ;
Qu'il éleve mon ame au-dessus de la crainte
Qu'inspire de tes loix l'odieuse contrainte,
Et qu'enfin désarmé, mais toujours indompté,
Du rang d'esclave encor je suis seul excepté.

MANCO.

Justes Dieux fléchissez cette affreuse constance.
Va, je suis loin, sur toi, d'étendre ma puissance ;
Mais dis-moi s'il est vrai qu'en ces lieux enlevé,
Mon fils, jusqu'à ce jour, ait été conservé.

E 2

H U A S C A R.

Oui, ton fils vit encore.

M A N C O.

     O tendreſſe ! ô nature !
Eclaire donc mes yeux dans cette nuit obſcure.
Montre à mon cœur tremblant ce fils ſi ſouhaité.
A quelque excès affreux que ta férocité,
En ce jour de forfaits, ait porté ta vengeance,
Si vous avez tantôt éprouvé ma clémence,
Si, tout prêt à frapper, j'ai retenu mon bras,
En faveur de mon fils que n'obtiendrez-vous pas ?
Ta grace eſt prononcée.

H U A S C A R.

     Ah, c'eſt un nouveau crime.
Ma grace ! c'eſt à toi dont le bras nous opprime,
C'eſt à tes vils ſujets à l'attendre de moi.

M A N C O.

O déſeſpoir ! ô jour de douleur & d'effroi !
Malheureux, pour punir ton horrible injuſtice,
Pour confondre ta haine, eſt-il quelque ſupplice ?...

H U A S C A R.

Va, tu peux me livrer au plus affreux tourment.
J'ai ſubi, du deſtin, le plus grand châtiment.
J'en frémis.

MANCO.

Quel eft-il ?

HUASCAR.

> Ma chûte & ta victoire.

MANCO.

Tu n'en auras point d'autre. Il fuffit à ma gloire.
Rends-moi du moins mon fils.

HUASCAR.

> Tes bourreaux font-ils prêts ?
Vas-tu bientôt, fur moi, confommer tes forfaits ?
Tu le peux. Je l'attends. Mais avant qu'à ma bouche
Il échappe un feul mot du fecret qui te touche,
Mon cœur s'offre à tes coups, fi tu veux l'arracher,
Frappe, Tyran, c'eft-là que tu dois le chercher.

MANCO.

Cruel !

HUASCAR.

> Oui. Viens jouir du plaifir fanguinaire
De voir périr un homme & d'immoler ton frère.
Mais refpecte ma gloire & n'attends point de moi
Des regrets pour le jour qui luit encor pour toi.
Tu peux m'anéantir, mais je ne peux te craindre.

MANCO.

Va. Je t'ai pénétré. Tu voudrois me contraindre

A rallumer ici la fureur des combats,
Me voir dèshonorer & ma gloire & mon bras
En les fouillant du fang d'une raçe parjure,
Et tout fier de ma honte....

HUASCAR.

     Oui. Comble la mefure.
De fang & de carnage inonde l'Univers.
Détruis tous les humains. Change en triftes déferts,
Ce féjour malheureux où le ciel les fit naître
Pour fléchir fous tes loix & ramper fous un maître.
Du moins, en périffant, ils en font affranchis.
Et ce vafte incendie, engloutiffant ton fils,
Par ton dernier forfait, te punit & nous venge.

MANCO.

De rage & de grandeur quel horrible mélange!
Barbare, je t'admire, en plaignant tes erreurs.
Tu creufes fous tes pas un gouffre de malheurs.
Tremble.

HUASCAR.

   Tremble toi-même. Au bord du précipice,
Ce danger a-t-il rien dont un mortel frémiffe,
S'il peut y tomber libre & vainqueur de fon fort?
Va. Ce n'eft qu'à l'efclave à redouter la mort.
Elle étonne le foible & le brave l'affronte.
Dans les coups du deftin je ne crains que la honte.
La mort va m'y fouftraire, en m'arrachant à toi.
C'en eft affez.

MANCO.

   La mort! l'attendrois-tu de moi

Beux-tu me faire encor cette cruelle injure?
La mort! Ah! dans mon cœur je sens trop la nature.
Cruel, mais si jamais, dans tes sens attendris,
Sa voix terrible & chere a parlé pour un fils,
Peux-tu ne pas frémir de ma douleur profonde?

HUASCAR.

Ta douleur fait ma joie. Elle venge le monde.
Tu sens, en ce moment, que quelqu'éclat trompeur
Dont l'attrait imposant ait pu remplir ton cœur,
De quelque nom brillant qu'en ces lieux on te nomme,
A tes yeux, malgré toi, tu n'es enfin qu'un homme.
Asservi, comme nous, aux retours du destin,
Tu fis trembler le monde, & tu trembles enfin.
Tyran, puisse ta cendre, à la terre rendue,
Dans la foule, au hazard, se trouver confondue!
Que la mort te replonge en cette égalité
Dont sortit un instant ton orgueil indompté,
Et qu'elle éteigne enfin, dans une nuit profonde,
Ce nom de Roi, l'opprobre & la terreur du monde?

MANCO.

Inflexible mortel! c'est donc ce nom de Roi,
Qu'en me cachant mon fils, tu veux punir en moi!
Mais de quel front toi-même affectois-tu l'empire
Que tu craignois en moi, que tu voulois détruire?
Les humains, de leurs droits, n'ont-ils pu disposer,
Sans te voir aussi-tôt, ardent à tout oser,
Briser le joug heureux qu'ils s'imposent eux-mêmes?
As-tu plus de droit qu'eux, en tes fureurs extrèmes,
Sur cette liberté dont leur choix glorieux
A remis en mes mains le dépôt précieux?

HUASCAR.

Sans doute. Et, si l'erreur leur fit choisir un maître,
J'ai dû les éclairer & leur faire connoître
Que ce premier des biens, en tes mains dépoſé,
Eſt un préſent des Dieux dont ils ont abuſé.

MANCO.

Abuſé! juſte ciel! la raiſon qui t'éclaire
Te permet donc de voir l'abus qu'on en peut faire!
Et c'eſt toi cependant qui prétends me punir
Des loix que je ne fis que pour le prévenir.
Ah! ſors de ton erreur. Une ame ſi ſublime,
Dans un ſi grand bienfait, ne doit point voir un crime.
Mieux que toi, dans ton cœur, je lis en ce moment.
Je vois ta vertu même en ton aveuglement.
Crois-moi. Si les mortels, guidés par la nature,
Suivoient, ainſi que toi, cette lumiere pure,
Je me ſerois ſouſtrait à l'honneur de leur choix.
Des cœurs tels que le tien n'ont pas beſoin de loix.
L'humanité te parle, & c'eſt ſa voix ſévere
Qui devroit t'effrayer aux allarmes d'un pere.
Hélas! tu l'as pu voir. Dans l'horreur des combats
Vainqueur de tes guerriers, renverſés ſous mes pas,
Quand j'ai pu, dans ton ſang, éteindre enfin ta rage,
Un charme inconcevable a glacé mon courage.
Un ſentiment profond qui triomphoit de moi
Me diſoit: c'eſt un homme; il eſt ſacré pour toi.
J'ai ſenti dans mon ame expirer ma colère.

HUASCAR.

La haine, dans la mienne, étoit plus étrangère.
Si tu n'avois voulu, dans ton orgueil jaloux,
Maître de l'Univers, régner auſſi ſur nous,

Mon cœur, par tes vertus, se fut laissé surprendre.
Oui. Dans l'égalité, l'amitié la plus tendre,
Au fond de nos déserts, nous auroit réunis ;
Mais tu veux des sujets & non pas des amis.
Ah, croi-moi. Retournons dans ces forêts tranquilles,
Du bonheur des humains seuls & premiers asyles
Où le Sauvage errant, sans travaux & sans soins,
Vit au hazard des fruits offerts à ses besoins,
Sans droit que ces besoins, sans loix que la nature,
Ignorant, de vos arts, la fatale culture,
Riche de tous les biens, mais sans propriété,
Et souverain du monde avec égalité.
C'est le dernier moment que le destin te laisse.
Suis-moi. Ton intérêt & ton ami t'en presse.
Oui ; je suis ton ami. J'oublierai mes revers,
L'horreur de mes affronts, l'opprobre de mes fers,
Et les malheurs du monde, & jusqu'à ta victoire,
Si tu daignes chercher une plus juste gloire.
Je te vois ébranlé ! viens, sans délibérer.
Du grand corps des Humains c'est trop te séparer.

MANCO.

Mais quoi ?

HUASCAR.

  Viens. Hâtons-nous. Courons à l'heure même ;
Viens abjurer ce nom de Monarque suprême.
Soudain tous les Mortels deviennent tes amis.
Soudain je suis ton frere, & je te rends ton fils,
Ton fils, ce fils si cher que j'ai voulu soustraire
Au droit d'être un tyran, qu'il eut reçu d'un père,
Ton fils enfin....

MANCO.

Poursuis.

HUASCAR.

Qui me doit sa vertu.

MANCO.

Comment ?

HUASCAR.

Dont le cœur même, en secret combattu,
Mais plus brûlant encor du courroux qui m'anime,
Si le ciel qui voit tout eut pû permettre un crime,
Auroit.... que dis-je ?

MANCO.

O ciel ! quel trait, quel jour nouveau
Frappe mes yeux, sortis de la nuit du tombeau ?
J'entrevois... ce guerrier... Dieux seroit-il possible !
O Dieux n'abusez pas un pere trop sensible.
Zelmis !....

(*à Idamore.*)

Qu'en as-tu fait ? je te l'ai confié !
Des complots d'un cruel justement effrayé,
Je l'ai mis en tes mains.

IDAMORE.

Seigneur....

MANCO.

Parle ou j'expire.

IDAMORE.

Seigneur, sur ce Héros l'effroi n'a point d'empire.

La mort, dans le combat, sembloit vous assiéger,
Son cœur, tremblant pour vous, n'a vu que ce danger.
Il m'a fui. Je courois, je volois sur ses traces,
Lorsqu'arrêté par vous....

MANCO (*à Idamore*).

O dernieres disgraces !
En est-ce assez grands Dieux ?... suis ses pas... hâte-toi....
Je succombe .... avec lui, reviens me rendre à moi.

SCÈNE V.

Les mêmes hors Idamore.

MANCO.

TENDRES pressentimens dont la voix m'est si chère,
Vous ne pouvez tromper mon cœur, le cœur d'un père.

(*à Huascar.*)

Tu vois qu'il n'est plus tems de me rien déguiser ;
Acheve de m'instruire, ou m'aide à m'abuser.
Acheve. Est-ce Zelmis ?

HUASCAR.

Je n'ai rien à répondre.

MANCO.

Malheureux ! jusqu'au bout tu veux donc me confondre !

Mon espoir & mes jours , tout n'est enfin qu'en toi.
Parle & tous mes bienfaits . . . .

HUASCAR.

Avec ce nom de Roi ,
Ta haine ou ton amour , tes faveurs , tes supplices ,
Tous les traits réunis de tes lâches complices
Ne m'arracheroient pas ce secret abhorré ,
Châtiment éternel de ton cœur déchiré.

MANCO.

Ah , c'en est trop.

SCÈNE VI.

(*Les mêmes.*) IMZAÉ.

IMZAÉ (*toute éperdue.*)

Seigneur!

MANCO.

Quel effroi vous égare ,
Ma fille ?

IMZAÉ.

On entraînoit ce Pontife barbare
Dont tantôt la menace a glacé mes esprits.
Une troupe féroce, accourue à ses cris,

Scélérats que lui-même avoit armés peut-être,
Au nom facré des Dieux atteftés par ce traître,
Vole, écarte le peuple, affronte vos foldats,
Et, malgré leurs efforts, l'arrache de leurs bras,

MANCO.

Il eft libre ! ô furcroît à mes vives allarmes !
Mon fils ! ... il va peut-être...

(à une partie des Gardes.)

Ah ! vous voyez mes larmes.

Qu'on le cherche. Courez.

(fes Gardes fortent.)

Plus de paix pour mon cœur.

(à une autre partie.)

Vous, de ce fier fauvage, enchaînez la fureur.
Qu'on ne le quitte pas, mais refpectez fa vie.

(à Huafcar.)

Cruel, même fur toi mon ame eft attendrie.

(On emmene Huafcar.)

(à Imzaé.)

Vien, ma fille, & du moins qu'en ce trouble odieux,
Si mon fils m'eft ravi, ta main ferme mes yeux.

Fin du quatrieme Acte.

ACTE V.

SCÈNE PREMIERE.

MANCO, GARDES.

MANCO.

Huascar, dites-vous, s'obſtine en ſon ſilence !
Sauvé par des cruels armés pour ſa défenſe,
Tamzi brave ſon Maitre & , dans l'ombre, avec eux,
Trame peut-être encor quelque complot affreux ;
Et je ne revois point le prudent Idamore !
Zelmis, ni mon ami, rien ne paroît encore !
Un Citoyen perfide, un Sauvage irrité,
Jouiſſent des horreurs où je ſuis emporté.
Connoîtrai-je enfin l'homme ? O ſcience funeſte !
Plus je l'aprofondis, plus mon cœur la déteſte.
Lumiere que je crains ! jour affreux que je hais !
Ne puis-je être éclairé qu'au flambeau des forfaits ?
Je t'ai vu dans les bois, homme, & ta barbarie,
Des monſtres tes rivaux ſurpaſſoit la furie.
N'aurois-tu donc appris, dans la ſociété,
Que l'art de mettre un voile à ta férocité,
Et, de tes paſſions, éternelle victime,
Ou civil, ou ſauvage, es-tu né pour le crime ?
Non, je ne puis le croire & , malgré mon effroi...

SCÈNE II.

MANCO, IDAMORE, GARDES.

M A N C O.

Mon cœur défefpéré vole au devant de toi.
Mais quoi? feul!

I D A M O R E.

　　　Ah, Seigneur, ce héros que j'admire
Eft toujours...

M A N C O.

　　Ciel! acheve, & dis-moi s'il refpire.

I D A M O R E.

S'il refpire! ah, grands Dieux! il eft feul aujourd'hui,
De vo:re augufte trône, & la gloire & l'appui.
Dans le camp des Antis, ouvert à fon paffage,
Je l'ai trouvé, Seigneur, enflammé de courage,
A leurs yeux effrayés retraçant leurs forfaits,
A leurs efprits troublés rappellant vos bienfaits.
Il parle. Il intimide. Il ébranle. Il entraine.
Il infpire l'amour. Il étouffe la haine.
Dès qu'il m'a reconnu. Va, cours dire à ton Roi
Que, pour fa gloire, ici, retenu malgré moi,
A fes regards charmés je ne veux reparoitre
Que lorfque des Antis je l'aurai rendu maitre,
Et qu'enchainés enfin par le même lien,
Tous les cœurs, à fes loix, foumis, comme le mien,

Nous irons, à ſes pieds, en porter tous l'hommage.

MANCO.

O mon fils ! ô héros, ma gloire & mon image !
Dois-je te reconnoître à ces traits généreux ?
Mon cœur ſemble, en ſecret, juſtifier mes vœux.
Ah, d'un ſang étranger, ſi le Ciel t'a fait naître,
Si tu n'es pas mon fils, tu méritois de l'être.
Je l'adopte, il vivra pour eſſuyer mes pleurs.
Vain eſpoir qui ne peut abuſer mes douleurs !
Ami, tout me replonge en mes ſombres alarmes.
Prends pitié de mon fils. Prends pitié de mes larmes.
Le Héros, le Monarque, & le Légiſlateur
Doivent céder au pere en ce moment d'horreur.
La nature, en mon cœur, l'emporte ſur la gloire.
Il faut ſacrifier les droits de ma victoire.
Il faut, dans leurs forêts, renvoyer les Antis ;
A ce prix, s'il ſe peut, obtenir d'eux mon fils ;
Retenir ce guerrier qu'anime un ſi beau zele.
Tu vois que, pour fléchir cette race rebelle,
Pour la gagner aux loix, il fait de vains efforts.
Laiſſons ces fiers humains en proie à leurs remords.
Du malheur, tôt ou tard, la triſte expérience
Leur fera, de ces loix, réclamer la puiſſance.

(à quelques Gardes).

Qu'on amene en ces lieux ce ſauvage emporté.

(les Gardes ſortent).

Dieux, impoſez ſilence à ſa férocité.

SCENE

SCÈNE III.

MANCO, IDAMORE, HUASCAR enchaîné, GARDES.

MANCO.

Tu l'emportes, cruel. Jouis de ma misère.
Triomphe, mais pardonne aux allarmes d'un père
Qui plaint tes préjugés, qui n'a pu t'attendrir,
Qui voudroit t'éclairer, & qui craint de t'aigrir.
Rien ne peut amollir vos féroces courages.
Cours donc, avec les tiens, dans tes antres sauvages.
Ardent perturbateur du repos des humains,
Rends-moi mon fils, je vais t'en ouvrir les chemins.

HUASCAR.

Que dis-tu? Ciel! mais, non. Je prévois trop, barbare,
Quel indigne destin ton orgueil nous prépare.
Non, tu rougirois trop s'il étoit, sous les cieux,
Des mortels affranchis de ton joug odieux.
Va, cesse d'insulter à notre sort funeste;
Si la mort nous attend, notre gloire nous reste.
Tu ne peux nous poursuivre au-delà du trépas;
Viens nous voir triomphans nous sauver dans ses bras,
Et jouir, malgré toi, du coup qui nous accable.

MANCO.

Mortel toujours injuste & toujours implacable,

Et que ferois-tu donc si, toujours irrité,
Je pouvois, un moment, oublier ma bonté?

HUASCAR.

Plût aux Dieux! aussi bien, si tu te crois mon maître,
Si tu veux m'avilir jusqu'à le reconnoître,
Vainement ta pitié prendroit soin de mes jours.
Je saurois me sauver de ce honteux secours.
Oui, tyran, oui, mon cœur ne craint que ta clémence.
Chargé de fers, déchu de mon indépendance,
Si tu me la rendois, je punirois sur moi
L'affront, l'indigne affront de la tenir de toi.

MANCO.

Eh bien, éprouvons donc si ta fierté féroce
Osera s'emporter à cet excès atroce.
Sans t'avoir offensé, par toi, par ta fureur,
Je me vois confondu, désolé, plein d'horreur.
J'en appelle à ton ame aussi noble que pure.
Homme, je t'abandonne aux loix de la nature,
Et crois pouvoir ici t'affranchir, sans' effroi,
D'un poids dont, en secret, je rougis plus que toi,
Et que nul ne reçut de mes mains triomphantes.

(à Idamore, en ôtant les chaînes à Huascar).

Viens m'aider à briser ces chaînes flétrissantes.
J'attends tout d'un Héros; il est né vertueux;
Je ne veux rien devoir qu'à son cœur généreux.
Te voilà libre, parle.

HUASCAR.

   Ah!... tu fais me connoître.
Oui... je voudrois t'aimer.

MANCO.

   Et tu le dois peut-être,

Tu vois mon cœur.

HUASCAR.

Allons, tu demandes ton fils.
Il te fera rendu devant tous nos amis,
Sitôt que mes regards leur auront vu reprendre
Leur triste liberté qu'ils n'ont pas fu défendre.
Viens.

(Comme ils font prêts à fortir, Zelmis arrive
à la tête des Antis).

SCÈNE IV.

(Les mêmes) ZELMIS & les ANTIS.

ZELMIS *(à Manco).*

Enfin je triomphe, & mes freres vaincus
Viennent tous, à tes pieds, adorer tes vertus.

(Les Antis fe profternent aux pieds de Manco).

Les voilà ces guerriers dont le cœur s'abandonne
Aux loix d'un pere tendre & d'un Roi qui pardonne.

MANCO.

O triomphe ! ô retour trop heureux pour mon cœur !

(Aux Antis en leur faifant figne de fe relever).

Amis !

(à Zelmis en l'embraffant).

Digne mortel, viens dans mes bras.

SCÈNE V.

(Les mêmes) IMZAÉ.

IMZAÉ *(accourant avec précipitation)*.

Seigneur,
Accourez, prévenez, confondez la furie
D'un peuple qui s'égare & fert la perfidie.

MANCO.

Que dites-vous? Quel peuple & quel nouvel effroi?

IMZAÉ.

Le barbare Tamzi s'eft fait proclamer Roi.

MANCO.

Ciel!

HUASCAR.

Il eft Roi! Tamzi! quel jour affreux m'éclaire !
Ainfi, de ce perfide, efclave involontaire,
J'allois, de fes forfaits, devenir l'inftrument !

MANCO.

Qui toi?

HUASCAR.

Son attentat m'a rendu mon ferment.

Venez, braves Antis, & courons le confondre.

(*à Manco*).

Je vais t'en affranchir & j'ose t'en répondre.
Tu peux te confier en ce bras redouté.

SCÈNE VI.

MANCO, IDAMORE, IMZAÉ, ZELMIS, GARDES.

MANCO.

Quelle grandeur, ô Ciel! mais quelle attrocité
Dans ce Pontife!... allons nous montrer aux rebelles.

IDAMORE.

Seigneur, craignez plutôt leurs fureurs criminelles.

MANCO.

Moi craindre, cher ami, des traîtres ténébreux?

IDAMORE.

Et que leur opposer?

MANCO.

      Ce que j'ai fait pour eux.
Marchons, à quelque excès qu'ils portent l'insolence,
Voyons si leurs regards soutiendront ma présence.

S C È N E V I I.

I M Z A É, Z E L M I S.

ZELMIS (*prêt à suivre Manco*).

Ah je te suis par-tout où tes jours menacés...

IMZAÉ (*l'arrêtant*).

Arrête, quel transport! tous mes sens sont glacés.

ZELMIS.

Tu me retiens envain.

IMZAÉ.

　　　　Veux-tu braver la foudre?
Dans la main d'un cruel...

ZELMIS.

　　　　　　Je n'ai point à résoudre.
C'est mon Roi qu'on attaque.

IMZAÉ.

　　　　　　　Et c'est moi, si tu meurs,
C'est moi qui vais périr.

ZELMIS.

　　　　　　　Impuissantes frayeurs.

C'eſt trop tarder.

*Comme il eſt prét à ſortir en
s'arrachant des mains d'Imzaé,
Mirzime entre par le fond avec
les Satellites du Temple, &
l'arrête.*

S C È N E   V I I I.

IMZAÉ, ZELMIS, MIRZIME, LES SATELLITES DU TEMPLE.

IMZAÉ (*voyant entrer Mirzime*)

O Ciel!

MIRZIME (*arrêtant Zelmis*).

Arrête.

ZELMIS.

Quelle rage?....

MIRZIME.

Viens, au Pontife Roi, tu dois ſervir d'ôtage.

ZELMIS.

Moi!

IMZAÉ.

Lui!

(*Elle l'embraſſe avec tranſport, &
l'entraîne juſqu'au bout du Théâtre
ſur le devant.*

F 4

Non, de mes bras, rien ne peut l'arracher;
Que ma mort...

ZELMIS.

Chere Amante!   (*aux Satellites*)
Osez donc approcher.

(*Les Satellites font un mouvement comme pour*
venir à lui).

I M Z A É (*se jettant au devant d'eux*).

Barbares!... Mais qu'entens-je, & quel tumulte encore?

(*voyant entrer Tamzi*).

Tamzi!... c'en est donc fait!

SCÈNE IX.

(*Les mêmes*) T A M Z I.

T A M Z I (*entrant tout éperdu, sans voir d'abord*
Zelmis).

Jour affreux que j'abhorre!
Manco paroit. Le peuple, Huascar, les Antis,
Tout le suit! tout me quitte! il triomphe & je fuis!
Je fuis! Huascar même! O destin qui m'opprime!
Traître!   (*Appercevant Zelmis & tirant son poignard*).
(*à Mirzime*).

Ah! tu m'as du moins réservé ma victime.

ZELMIS.

Perfide !

IMZAÉ.

O défefpoir !

> (*Comme Tamᵹi court à Zelmis*
> *pour le poignarder ; Huafcar*
> *arrive & poignarde le Pontife*
> *lui-même*).

SCÈNE X.

IMZAÉ, ZELMIS, MANCO, HUASCAR,
LES ANTIS, LES GARDES, &c.

HUASCAR (*courant à Tamᵹi & le frappant*).

O FORFAITS inouis !
Meurs, traître.   (à *Manco*).
Toi triomphe & reconnois ton fils.

MANCO.

Mon fils !

HUASCAR.

Il l'immoloit, j'ai prévenu fa rage.

(*Montrant Tamᵹi mourant dans les bras des*
Guerriers qui l'entraînent).

Voilà l'homme civil, reconnois le fauvage.

MANCO (*embraſſant Zelmis*).

Mon fils !

ZELMIS-ZEROPHIS.

Ah, dès long-temps, je l'étois par mon cœur.
Mon pere !

HUASCAR (*à Manco*).

Tu le vois, le lâche, en ſa fureur,
Après m'avoir trahi, trahiſſoit la nature.

MANCO.

Toi-même, tu vois donc, qu'en une ame parjure,
Souvent les paſſions en effacent la loi.

HUASCAR.

Ah, j'en rougis pour l'homme.

MANCO.

Il falloit donc un Roi,
Il falloit qu'un pouvoir, par l'eſpoir ou la crainte,
Y ramenât du moins les cœurs qui l'ont éteinte.
Mais tu me rends mon fils ; je t'ai donné ma foi ;
Je ne te retiens plus. Va, pars, mais ſouviens-toi
Que, trop cher à mon cœur, ſi quelque main hardie,
Conduite par la haine, attentoit à ta vie,
Même au fond des déſerts, ce pouvoir que tu hais,
De tes jours innocens aſſurera la paix.

HUASCAR.

O vertu dont envain je voudrois me défendre !
O charme ! & qui t'inſpire un intérêt ſi tendre?

MANCO.

Le devoir le plus faint & le moins refpecté.

HUASCAR (*fort troublé*).

Quel eft donc ce devoir? réponds.

MANCO.

L'humanité.

HUASCAR.

Ah, vers toi, pour jamais, ce mot feul me ramene.
Envain réfifterois-je à fa voix qui m'entraine.
C'eft la voix du Ciel même... eh bien, je fuis vaincu.
Je bravois ta valeur... j'adore ta vertu.

(*Il fe jette à fes pieds & fe releve auffi-tôt*).

Voi le fier Huafcar à tes pieds qu'il embraffe,
Non pour te demander, pour obtenir fa grace,
Mais pour défavouer fes honteufes fureurs.
Ta bonté, ta fageffe éclairent mes erreurs.
J'aimai l'humanité, tu l'aimes davantage;
Son repos, fon bonheur, fa gloire eft ton ouvrage.
Je vois que l'univers avoit befoin d'un Roi,
Et n'en pouvoit choifir un plus jufte que toi.
Régne. Ce bras vainqueur armé pour te détruire,
Si ta vertu l'excite & daigne le conduire,
Ce bras, dès ce moment, n'eft armé que pour toi.
Je défendrai ton fils. Sois déformais mon Roi;
Sois plus, fois mon ami.

MANCO (*l'embrassant*).

Je le suis, je dois l'être ,
Puisqu'enfin ton grand cœur apprend à me connoître ,

(*Montrant Zérophis*).

Et voilà mon garant.

ZÉROPHIS.

O mon pere !

IMZAÉ.

Ah , Seigneur !
Ce garant, pour tous deux , l'est aussi de mon cœur.

F I N.

APPROBATION.

J'AI lu par l'ordre de Monfieur le Lieutenant Général de Police, *Manco-Capac, ou la Société, Tragédie;* & je n'y ai rien trouvé qui m'ait paru devoir en empêcher la repréfentation ni l'impreffion. A Paris, ce 6 Janvier 1781.

SUARD.

PERMISSION.

Vu l'Approbation; Permis de repréfenter & d'imprimer. A Paris ce 8 Janvier 1781.

LENOIR.

De l'Imprimerie de PH.-D. PIERRES, Imprimeur Ordinaire du Roi, &c. rue S. Jacques, 1782.

9 782014 029161